Awakened History
China Female Artists Association

鱼丽 撰写

唤醒的历史

中国女子书画会重建活动纪实

文汇出版社

中國女子書畫會當代著名女書畫家作品展開幕式

纪念中国女子书画会成立83周年
新生代会员书画作品全球巡展——上海首发
开幕式

序 言

　　中国女子书画会成立于 1934 年，是中国美术史上第一个规模最大、艺术水准最高、持续时间最久的女性书画家组织，创造了女性艺术史上的辉煌成就，在中国现代美术史中具有很高的地位，作为一个特定文化现象，已成为上海乃至全国优秀传统文化的组成部分。但由于中止活动六十六年，该团体本身及杰出成员的生平事迹已湮没在历史的尘埃里，仅仅停留在美术史学家的叙述中。在习近平新时代中国特色社会主义思想指引下，2015 年，上海一批中青年女性书画家为建设社会主义文化强国，发掘中华优秀传统文化，倡议发起重建中国女子书画会，使它重新走出了历史，展开了中国当代女性书画界传承优秀传统文化遗产的鲜有创举之图卷。

　　九年来，中国女子书画会筹备委员会以"传承中华优秀书画艺术名粹，服务全球华裔女性书画精英，致力于发扬中华优秀传统文化，推进全世界华裔女性书画艺术家之间的交流，发现和培养新生代女性书画艺术名家，为繁荣和发展中华民族书画艺术事业，为建设文化强国和中华民族伟大复兴贡献力量"为宗旨，向世界艺术界发出宣言："新中国女子书画会将女性书画家们团结在一起，形成一股力量，从而有利于女子书画界整体水平的提高，在当今仍由男性艺术家为主角的书画界另领风骚，独树一帜。我们在续写并创造历史。我们有信心、有毅力将中国女子书画会重建为当代华裔世界阵容最强、规模最大、艺术水准最高的新生代女性书画家精英俱乐部，不仅成为中国乃至世界艺术界一道亮丽的风景线，还将在中华民族女性艺术史上留下浓墨重彩的一页。"

回顾九年来的历程,传承重建之路辛酸苦辣,百味尽尝。既有成功的喜悦,也有失败的沮丧。但她们矢志不渝,不畏艰难,砥砺前行,取得了足以告慰前辈艺术家的阶段性成果,有自信遵循习近平总书记在文化传承发展座谈会上的讲话精神,"以守正创新的正气和锐气,赓续历史文脉、谱写当代华章"。

本书既然是"赓续历史文脉",重续中国往昔的一段才女佳话,必然须把民国时期的中国女子书画会(为显示新旧区别,以下简称"老画会")做一系统的介绍。这些介绍主要依据当代若干美术史研究专家关于老画会的一些专著,其中最早对老画会进行史料考证并专门研究的是东华大学包铭新教授,如2006年其所撰《海上闺秀》《中国女子书画会史实考》等著作和论文;而对老画会研究得最全面、最系统、论证最翔实的是上海大学硕士研究生王韧在其导师阮荣春指导下于2008年3月所著的《中国女子书画会研究》论文;再有陶咏白、李湜所著《失落的历史——中国女性绘画史》;另有部分老会员的个人生平及代表作品等图片资料也转载于房桦作为策展人的《何香凝与中国女子书画会》展览资料等。此外,一些老画会的后裔为支持重建活动也提供了珍贵的资料。在此,新中国女子书画会筹备委员会(以下简称"筹委会")委托笔者向以上专家学者、策展人和老画会后裔表示衷心地感谢!汇编中如有引用不当或谬误处恳请前辈专家指正。

诚然,中国女子书画会诞生在半殖民地、半封建社会的旧中国,不可避免地刻上了时代的烙印,会员成分复杂,掺杂着一些小资产阶级和封建仕女的情调,以至于在中华人民共和国成立前停止活动、自动解散也属正常。但是,我们也看到主流美术史专家在评价中国女子书画会时,除了肯定其艺术贡献外,还对其以"巾帼不让须眉"的勇气,敢于挣脱封建枷锁,打破对艺术女性结社的禁锢,举办书画展、出画册和艺术培训，以及此后发扬爱国爱民精神，用卖画收入支援前线抗战军人过冬棉衣，资助贫穷孩子上学，赈济受难民众等行动赞赏不已。这些可贵精神才是以何香凝先生为代表的中国女子书画会艺术家的主要品质和该社团的精神主流。

毛泽东同志曾经说过，对旧中国传承下来的文化现象要"去其糟粕，取其精华"，习近平总书记也要求我们在传承中华文明的过程中要"守正不守旧，尊古不复古"。今天在传承重建中国女子书画会的事业中，一定要遵循领袖的教导，学习前辈高贵的艺术和精神品质，将全世界华裔女性书画家团结在新生的中国女子书画会周围，继承前辈爱国爱民爱艺术传统，发扬爱党爱祖国爱社会主义精神，参与中华民族伟大复兴进程并贡献力量。

"谱写当代华章"是本书的浓墨重彩之处，用较大篇幅详尽地回顾了九年来的重建故事，力求还原历史真实，书中涉及的人名物事均根据筹委会提供的文字和图片进行整理并经当事人书面确认，具较高的可信度。同时，重建九年来，参与重建活动的女性书画家前后多达三百余名，其中有若干人基于不同原因退出了重建活动，至今仍有二百七十余名坚守初心，矢志不渝。这些女性书画艺术家中不乏国内外声名卓著的老艺术家，也有实力雄厚、远近闻名的中生代资深艺术家，更有众多功底扎实、前景远大的艺术新秀，分布在全国近五十个城市和港澳台地区以及美国、法国、德国、日本、澳大利亚、新西兰、马来西亚等国家。为了铭记这些参与者对重建活动所做出的贡献，本书以不同形式和篇幅，对参与重建活动的女性书画艺术家给予介绍和宣传，以谱写新时代众多艺媛风采。

在重建过程中另一个不能忘记的群体是中国女子书画会重建后援团（以下简称"后援团"）。它由一群爱好中华传统文化艺术，全力支持中国女子书画会传承重建的退休干部、企业家、男性书画艺术家等组成。他们在重建活动中起到了强大的后援作用，可以毫不夸张地说，没有他们不求回报的无私奉献和支持，重建活动既达不到如今的规模和高度，更不可能持续坚持九年之久，在此代表筹委会一并致以衷心地感谢和敬意！

今天，中国女子书画会虽然走出了历史，但重建活动仍在路上，未来还将面临重重艰难险阻，还须继续努力。虽然"前景是光明的，道路是曲折的"，但我们相信，"只要坚持，梦想总会实现的"。

楚水

2023 年 9 月 5 日

作者简介

1968 年出生于河北省阜平县，中国国学名家季羡林学生，文学家，画家，书法家，诗人。现任中国通俗文艺研究会名誉会长，神州杂志社编委会主任。主要成就有策划出版《新编〈智囊〉全集》，文白对照全译《资治通鉴》《中华国学传世藏书》《二十五史》等，主要作品有《缪斯眼睛》《情的风景》《梦囊随笔》。

目
录

第三章／重建的故事（2015-2024） 　97

目
录

第一章
尘封的历史

1934—1949

▶ 中国女子书画会（民国时期）简介

中国女子书画会成立于 1934 年 4 月 29 日的上海。由冯文凤、李秋君、陈小翠、顾飞、杨雪玖、杨雪瑶、吴青霞、何香凝、陆小曼、顾青瑶、潘玉良、谢月眉、丁筠碧、唐冠玉、虞澹涵、庞左玉等当时一批出身名门望族，富有家学渊源，受过良好教育，具有新女性思维，社会知名度较高，才华横溢的女性书画艺媛组成，是中国第一个女子美术社团，鼎盛时期会员扩展至全国达两百余人，声势浩大。在存续的十五年间，以冲出封建藩篱，巾帼不让须眉的勇气，编辑出版《中国女子书画展览会特刊》四期，举办画展二十余次，还积极投身社会，举办仁心普举的公益慈善拍卖，作品售出后，所得款项悉数捐助贫困儿童、赈灾、抗战支前，被美术史专家赞誉为"中国美术史上第一个规模最大、艺术水准最高、存续时间最久的女性艺术组织，在中国美术史上拥有不可磨灭的地位"。1949 年，基于各种原因中止活动，会员流散至国内及海外各地。自此，作为一个曾经的传统文化现象和民间艺术社团，逐渐被社会公众遗忘，尘封在美术史专家的叙述中。作为中国美术历史上最早出现的传统文化现象和上海珍贵的女性美术硕果，应当挖掘其在新时期传承中华优秀传统文化和建设文化强国中的历史价值与现实价值。

1934 年 6 月 2 日中国女子书画会第一届书画展开幕式

1934 年，中国女子书画会成立初期部分成员留影（本图片由杨雪瑶的长孙俞家平先生提供）
前排：1. 杨筠玖 2. 唐冠玉 3. 冯文凤 4. 鲍亚晖 5. 顾青瑶 6. 周鍊霞 7. 庞左玉 8. 黄映芬 10. 包琼枝
后排：2. 余静芝 4. 徐慧 5. 李秋君的学生姚小姐 11. 金秋生 15. 杨雪瑶 16. 吴青霞 17. 宋若婴
　　　18. 江亚南 20. 顾飞（自左至右）

1934 年 6 月 2 日，中国女子书画会第一届书画展在上海宁波同乡会举行（自左至右）
前排：1. 丁筠碧 2. 吴青霞 3. 周鍊霞 4. 顾飞 5. 陈小翠 6. 唐冠玉 7. 冯文凤 8. 杨筠玖 9. 鲍亚晖
　　　10. 杨雪瑶 11. 余静芝 12. 谢应新
后排：1. 庞左玉 2. 虞澹涵 4. 江亚南 6. 顾青瑶 8. 徐慧 10. 黄映芬 11. 宋若婴 12. 包琼枝

中国女子书画会（民国时期）旧址

1934 年 4 月 29 日，中国女子书画会成立之初会址设在上海海宁路 890 号冯文凤家。1935 年 5 月 10 日因冯文凤离沪返粤，会所迁至卡德路（今石门二路）158 号（李秋君家）。

现门口被静安区政府冠名为"海上大风堂旧址"，系张大千先生初来上海借住在画友李祖韩（李秋君之兄）家，李家辟有欧湘馆画室与张大千共同作画。后因张大千技精闻名，将此处号为"大风堂"。

大风堂旧址铭牌

大风堂旧址南面景象

大风堂旧址北面（从石门二路 170 弄内进入）

大风堂旧址西面上部

图片供稿：上海缔赞建筑设计有限公司，2016 年拍摄

▶ 中国女子书画会（民国时期）发起人及领导机构成员

一、1934 年 4 月 29 日成立

　　1. 部分发起人名单（以姓氏笔画为序）：

　　　　丁筠碧、包琼枝、江亚南、李秋君、余静芝、吴青霞、唐冠玉、张时敏、

　　　　黄映芬、陆小曼、陈小翠、冯文凤、虞澹涵、杨雪玖、杨雪瑶、杨缦华、

　　　　顾青瑶、顾默飞、周鍊霞、鲍亚晖、谢月眉、谢应新

　　2. 监察委员：李秋君（兼编辑）、唐冠玉、虞澹涵

　　3. 常务委员：冯文凤、陈小翠（兼编辑）、杨雪玖

　　4. 执行委员：丁筠碧（兼宣传）、吴青霞、杨雪瑶（兼宣传）、鲍亚晖（兼会计）、

　　　　　　　　　谢应新、顾青瑶（兼文书）、顾默飞（兼文书）

　　5. 临时主席：冯文凤（主持会务）

二、1934 年 5 月 18 日补选陈小翠、李秋君为中国女子书画会主任。

三、1936 年 4 月起，会务实际上由李秋君主持。（未设主席）

/附：会员名录/

　　根据现有史料及访谈，中国女子书画会（民国时期）社团内部管理比较松散，无正式的档案管理制度，因而留传下来的会员名单并不完整。本名册的会员名录系依据中国女子书画会四期特刊资料，当时报纸杂志刊登的新闻报道、评论文章，当年社团活动动态，以及重建活动中获得的新资料汇编而成，或有遗漏，期待今后继续收集补充。

丁筠碧	丁慕冰	于吟詹	方定英	方子筠	方志远	包琼枝	田有志	江亚南	江南蘋	江道樊
伍季真	朱志贤	朱砚英	朱人琰	朱冷芳	朱铭庆	任钧耀	余静芝	吴青霞	吴掌珠	何怡如
何亚华	何思文	何香凝	宋若婴	李秋君	李华书	李曼萝	李湘君	沈右揆	汪桂芳	汪思诩
周大缜	周湘云	周錬霞	金秋生	姚新华	林眉	胡畹馨	徐冷翠	徐瑛	徐天真	徐绮琴
徐慧	查浣尘	孙振贤	孙静宜	陈小翠	陈克明	郑拾云	陈瘦金	唐冠玉	马如兰	马碧篁
彭君实	郭仁	郭智	郭勇	张又芬	张佩文	张韧之	张时敏	张坤仪	张曼筠	张福娟
张谨怀	张蕴玉	张哆丹	钮佝言	陆小曼	陆韬	智严	程素英	冯文凤	黄冰清	黄似兰
黄映芬	区惠坚	杨雪玖	杨缦华	虞澹涵	单德源	黄荃徵	熊璧双	熊佩双	熊辉双	蒯世芬
蒯世苏	樊诵芬	樊彩霞	赵含英	刘寄尘	许悦音	鲁文	鲁茱	鲁藻	鲁蘋	潘渭
蒋宗遥	谈月色	谢月眉	谢荷茗	谢应新	鲍亚晖	鲍炜光	关芸	庞左玉	庞佩葱	顾青瑶
顾默飞	顾曜君	龚淡如	邓碧华	刘方琼	聂其德	汪素	章述亭	潘静如	陈思萱	陈佩秋
施黛青	徐企瑜	钱若	李郁真	杨雪瑶	潘玉良	鲁芹	翁文璧	吴韫	王真	林尊紫
孙静宜	袁绿英	陈思萱	庞镜蓉	冯真	钱仲则	郑元素	赵林	王修	徐曼倩	翁庆云
陈侣梧	张红薇	杨雪真	刘贻美	周凤麟	车静宜	王紫琦	杨令茀	康同璧	杨镇贤	杨浣青
刘蕙倩	丁春	张茵	张复珂	蒋也吉	冯珏					

▶ 中国女子书画会（民国时期）代表性成员生平和作品

何香凝

何香凝（1878—1972），原名谏，又名瑞谏。广东南海人，出生于香港。是中国民主革命的先驱，妇女运动的领袖，画坛杰出的美术家。

何香凝出身于富裕家庭。1897年，与在香港皇仁书院学习的归侨子弟廖仲恺结婚。他们寄居在廖仲恺哥哥廖凤舒家中的阁楼上，何香凝随廖仲恺读书学习，吟诗作画，纵论国事，感情笃深。何香凝曾有诗云"愿年年此夜，人月双清"，故为爱巢命名为"双清楼"，何香凝后来号"双清楼主""双清馆主"，以此纪念这段清贫而美好的时光。

1903年1月，廖仲恺暂别何香凝，东渡扶桑留学。在丈夫的影响下，何香凝卖掉家中所有杂物，随夫君一同走上留学的道路。先后就读于

东京女子师范学校、东京目白女子大学和东京本乡美术学校，并且跟随日本名画家田中赖璋学习绘画。1903年春，何香凝在东京结识了孙中山。从此，她和廖仲恺开始追随孙中山参加革命工作。

1931年后，何香凝寓居上海，筹办过多次大型的义卖救国书画展览，开创了由女性组织、筹办画展的壮举，为日后中国女子书画会的创立树立了先锋榜样。

1935年，她加入中国女子书画会，并参加了1935年5月10日第二届书画展和1936年5月29日第三届书画展。

1935年12月8日，在上海教育馆，与冯文凤、谢月眉、赵含笑、龚淡如、陈小翠、黄映芬、陆小曼、唐冠玉等举办了"妇女书画展"。

何香凝一直倡导妇女解放与独立自主，是中国最早以美术为革命服务的先驱。1960年，何

1962年，何香凝在杭州与傅抱石、潘天寿合作绘画

何香凝 《狮》

何香凝 《虎啸图》

香凝因德高望重，被推举为中国美术家协会主席，开创由女画家执掌画坛"帅印"之先河。

何香凝擅长中国画，善绘梅花、狮虎，其画风颇受岭南画派影响，有深厚的传统素养，格调高雅，讲究立意，又善于吸收西方绘画技法，注重写生，给人耳目一新的感觉。作品包括《狮》《梅花》《高松图》等，曾出版画集《何香凝画集》《何香凝诗画辑》《双清诗画集》等。

何香凝的画作，抒情明志，充满斗争之意，记录了中国现代史的风云变幻，也是她七十年革命生涯和人格品行的生动写照。根据最新文物保护规定，为防止近现代珍贵文物流失，她的作品被列入不准出境名单。

李秋君

1927 年后与江小鹣、王济远、朱屺瞻、潘玉良等在沪创办"艺苑绘画研究所"。1929 年加入蜜蜂画社，后任中国画会理事。

1934 年，曾在上海合创中国女子书画会，在成立大会上李秋君被选为执行委员，随后担任会长。李秋君在《中国女子书画会第一届展览会特刊弁言》中写道："孟子曰：舜，人也。余亦人也，吾何谓彼哉？秋君等窃不自揣，爰集同好，特开女子书画展览会，广征文坛名宿、艺林硕望最近作品，以相观摩。并发行女子书画展览会特刊，以广流传。志在于提高艺术，教学相长，以几作者，而绍前徽。"展现出一种坚韧自信的独特女性风貌。

李秋君曾参与组织并出资创办上海灾童教养所，收容难童，任所长兼校长。1937 年，李秋君随何香凝做抗日后援工作，曾任上海十八集团军抗日后援会征募主任，因支援抗战有功，朱德总司令曾发给奖状。1962 年，当选为上海市人大代表。

初学工笔山水、古装人物仕女，喜作青绿，又爱摹古。四十岁后，专攻山水，宗法董北苑、董其昌，洒脱厚重，出入有致。传世作品有《假日》《渔舟待发》《向东海要鱼》《湘君湘夫人》等。著有《中国文学史》《欧湘馆诗草》《秋君画稿》。其作品曾参加各国展览，是长期活跃在上海画坛的著名女性。

1935 年 5 月 10 日，参加了在上海北京路贵州路口的湖社举办的"中国女子书画会第二届书画展"。

李秋君（1899—1973），名祖云，字秋君，斋名欧湘馆，别署欧湘馆主。出生于浙江镇海（今宁波市北仑区）小港港口李家，为当地名门望族。李秋君被尊称为"三小姐"，一生与丹青结缘，终身未婚。

李秋君毕业于上海务本女中，初随兄长习书作画，后成为女画家吴淑娟的入室弟子。因其兄与张大千为至交，遂与之相识，得张指点，画技大进。也与张大千情谊深厚，成为他生命中的丹青知己。

20 世纪二三十年代，李秋君就活跃在画坛。1919 年成立的"天马会"，李秋君为其中一员；

1937年5月15日，参加了在上海宁波同乡会四楼举办的"中国女子书画会第四届书画展"。

1940年9月21日，参加了在上海大新公司四楼画厅举办的"中国女子书画会第九届书画展"。

1944年11月21日，参加了在上海"中国画苑"举办的"中国女子书画展"。

李秋君山水作品

李秋君仕女作品

冯文凤

冯文凤（1906—1971），广东鹤山人，岭南书法名家冯师韩之女。冯文凤幼承家学，尤擅隶书。五岁学习书法，十三岁即能当众挥毫书写条屏，成为人们津津乐道的"神童"，名噪岭南。时光荏苒，六年后，冯文凤再出手，刊登了一则广告，称自1915年鬻书卖画以来，计得楹联一千三百六十二对、画十八帧，"现因学年俱进，昔日之作，颇不满意，拟赎回补过，凡还我书者，奉银一元，还我画者廿元"，并重新制定润例。从此冯文凤声名大噪。

冯文凤艺术兴趣广泛，曾游学意大利，除书法外，另擅中国画、西洋画，在雕塑、摄影、音乐、骑术等方面造诣颇高。

1918年，在香港创办香港女子书画学校，公开招生，自任校长和主任教授五年，培养了许多女性艺术人才。对英文和刺绣，聘请中西专家指导，同时对文艺纵横方面，努力去研究。1925年，在上海设立分校，培养女子美术人才。

1920年，在香港太白楼发起举办香港第一次华人女子美术展览会，广交艺友，饮誉海内。

1933年，上海《新闻报》公开征集全国女书画家近作，在黄宾虹、张大千的评审下，她获女书画家书法第一名。11月，叶恭绰、王一亭、黄冰火、潘兰史、吴铁城、陆丹林等为冯文凤书法代订润例，叶恭绰亲题"鹤山女子冯文凤鬻书"刊登于《申报》。

1934年，冯文凤任中国女子书画会临时主席，主持会务。作为早期的艺术教育者、艺术社团组织者，冯文凤显示出了她的才力与才情。她的画友陈小翠赠她的诗云："自拟金闺九锡文，美人才气亦凌云。中兴画史三千卷，先册娥眉第一勋。"

冯文凤的隶书绵渺厚重，庄重典雅，成为闺秀书坛重要一员。

1939、1941、1943年，谢月眉、冯文凤、顾飞、陈小翠（从左向右）连续举办三次"四家书画展览"，轰动上海。

冯文凤隶书作品（广东美术馆收藏）

冯文凤篆书作品

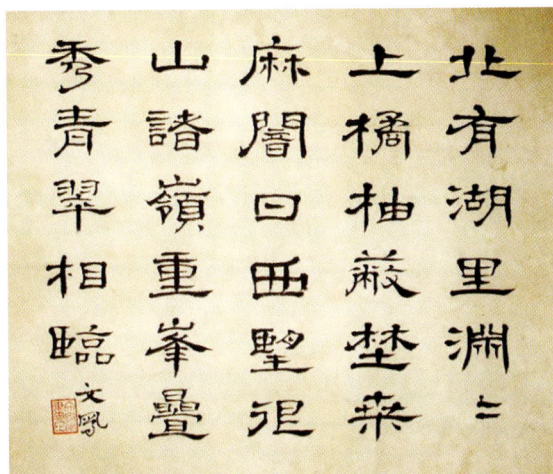

冯文凤 节书《水经注》

陆小曼

陆小曼（1903—1965），别名小眉，江苏武进（今常州）人，出生于上海。笔名蛮姑，室名眉轩、曼庐、冷香馆。近代女画家，师从刘海粟、陈半丁、贺天健等名家。擅长设色山水，画风近清代王鉴一路。晚年成为上海中国画院画师。

陆小曼父亲陆定毕业于日本早稻田大学，是日本名相伊藤博文的得意弟子，曾参加孙中山先生的同盟会，后为财政部赋税司司长。母亲吴曼华有扎实的古文基础，擅长工笔画，陆小曼天资聪颖，深受熏陶。少女时代，就擅长西洋画，主攻静物写生和风景临摹。有一次，一位外国人到她就读的圣心女子学堂参观，看到她画的油画，觉得精致又有韵味，竟然当场支付两百法郎作为学堂的办学经费，把这幅画买了回去，引起学校乃至社会的瞩目。

1922年，与王赓结婚，1925年离婚。1926年与徐志摩结婚。陆小曼多才多艺，会作诗，也爱研究文学和戏剧，曾译有《海市蜃楼》，还与徐志摩合作创作五幕话剧《卞昆冈》。兼善京剧、昆曲，学青衣，宗程砚秋。她参加穆藕初创立的粟社，经常随名媛唐瑛等一起参加活动。她与唐瑛合演昆曲，惊艳四座。

一代才女，于绘画甚是情有独钟。陆小曼曾经向刘海粟学过绘画。1927年，陆小曼与徐志摩祝贺邵洵美与盛佩玉的新婚满月，她与画家刘海粟等人，合画扇面向新婚夫妇贺喜。

1931年春，正值九一八事变前夕，日本人正步步窥伺入侵我国东北三省。陆小曼挥毫创作一幅山水画长卷，寄托了自己对祖国河山的热爱，希望祖国河山免受日本的践踏。更为珍贵的是长卷上的题跋，徐志摩视若珍宝，将这张手卷随身携带，于当年冬天准备到北平再请人加题。不料飞机失事，长卷因放于机上铁箧中得以保存，留作永久的纪念。

徐志摩逝世后，陆小曼奉母居于沪，师事贺天健学画。贺天健为了防止陆小曼偷懒，与其约法三章：一、老师上门，杂事丢开；二、专心学画，学要有所成；三、每月五十大洋，中途不得辍学。陆小曼就此不问世事，潜心绘画，素服向志摩表达她的思念与爱意。

陆小曼积极参加社会活动，在中国女子书画会第一次同人大会上，她与丁筠碧一同负责书画会的宣传工作，还奉上所画的秀润山水参展。

陆小曼 山水册页

1958 年，陆小曼加入上海美术家协会，后正式成为上海中国画院的专业画师。曾参加新中国第一次和第二次全国画展。

1965 年 4 月 3 日于上海华东医院逝世，享年六十三岁。

陆小曼 1949 年前的画展经历如下：

1934 年 6 月 2 日，参加了在上海宁波同乡会四楼举办的"中国女子书画会第一届书画展"。

1935 年 12 月 8 日，参加了在上海教育馆举办的"妇女书画展"。

1936 年 10 月 23 日，参加了在上海大新公司四楼举办的"中国画会第六届书画展"。

1940 年 12 月 21 日，在上海大新公司四楼东厅，与翁瑞午联合举办了"国画展览"。

1944 年 11 月 21 日，参加了在上海"中国画苑"举办的"中国女子书画展"。

陆小曼 《黄山小景》

潘玉良

潘玉良（1895—1977），中国著名女画家、雕塑家。原名陈秀清，出生在古城扬州，孤儿出身，后改名张玉良。被潘赞化收养，尔后在养父的引导下，踏上了艺术之路。

1913 年，与潘赞化结为伉俪，改姓潘。1917 年，在上海开始师从洪野学画。1918 年，潘玉良考取上海美术专门学校，师从王济远、朱屺瞻学画。

1921 年，考得官费赴法留学，先后进了里昂中法大学和国立美专，与徐悲鸿同学。

1923 年又进入巴黎国立美术学院。1925 年，考取意大利罗马国立美术学院，为东方考入意大利罗马皇家画院之第一人。潘玉良的作品陈列于罗马美术展览会，曾获意大利政府美术奖金。

1926 年，潘玉良的作品在罗马国际艺术展览会上荣获金奖，打破了历史上没有中国人获得该奖的纪录。徐悲鸿对她评价甚高："夫穷奇履险，以探询造物之至美，乃三百年来作画之士大夫所决不能者也……士大夫无得，而得于巾帼英雄潘玉良夫人。"

1929 年，潘玉良归国后，曾任上海美专及上海艺大西洋画系主任，其间加入了中国女子书画会，后任南京中央大学艺术系教授。1937 年旅居巴黎，曾任巴黎中国艺术会会长，多次参加法、英、德、日及瑞士等国画展。曾为张大千雕塑头像，又创作王济远像等。1977 年病逝。

潘玉良，一位杰出的绘画艺术家，画作曾多次获得法国国家金质艺术奖章和海外多个国家的金奖或银奖，被誉为世界"令人敬仰的艺术家"。她的一生充满了曲折与传奇，犹如一颗闪耀的明星，在中国的艺术历史上熠熠生辉。

潘玉良 静物

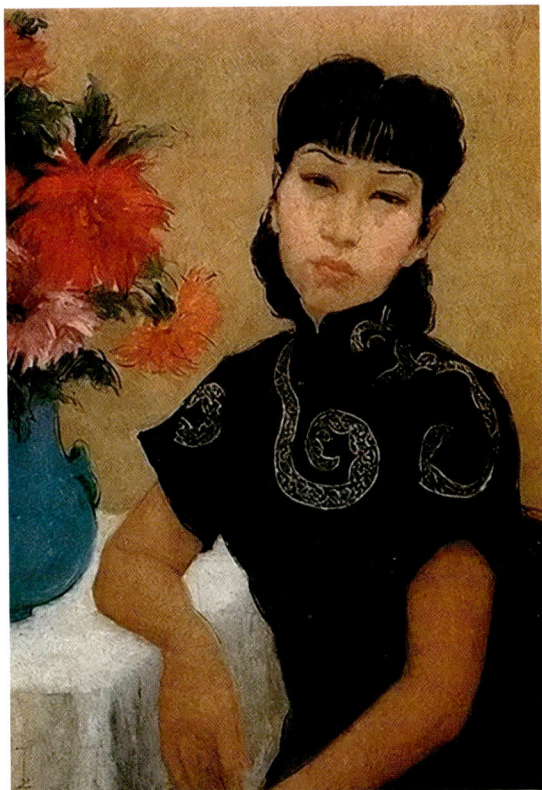

潘玉良 《黑衣自画像》

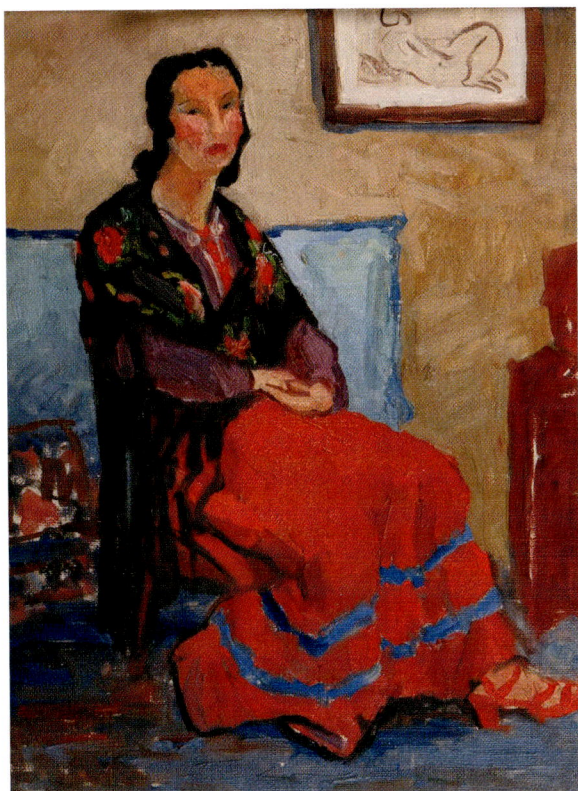

潘玉良 《着红裙的女郎》

潘玉良 《裸女》

顾 飞

顾飞（1907—2008），字默飞，上海南汇人。十七岁自南汇初级师范学校毕业后担任南汇初级小学教师。十九岁进入上海城东女校专修科学国画，中途辍学。

顾飞自小接受文学诗词启蒙，也喜欢绘画，她常在家临窗作画。邻居对窗的正是黄宾虹的画桌，久而久之，黄老先生对她的勤奋有了兴趣，在看了她的画作后主动收其为徒。

顾飞的才情，让黄宾虹颇为赏识，他曾称赞这位得意弟子曰："观其落纸风雨疾，笔所未到气已吞。"并期许为"当今第一流人"。黄宾虹与顾飞表兄傅雷，是书画知己兼忘年之交。黄宾虹生前撰《论画长札》寄爱徒顾飞，并常在顾飞作品上题款。在黄宾虹的影响下，顾飞的仕女画别具韵味，山水画形成了明净淡远的风格，追求正统画学和书画真理。江南才子谢玉岑对顾飞的才气也很推重。顾飞和裘柱常结婚的时候，谢玉岑送了张大千的一幅画给他们。

1933 年，在黄宾虹的指点下，顾飞萌发创办女子艺术社团的想法，得张大千等人支持。1934 年，顾飞女士在黄宾虹先生的支持下，和冯文凤、陈小翠、李秋君、谢月眉等二十二名女书画家发起成立中国女子书画会，出任执行委员，成为书画会中最重要的画家之一。

此后，顾飞女士不仅参加了女子书画会几乎所有的会员联展，还连同冯文凤、陈小翠、谢月眉举办了三次书法、人物、花鸟、山水联展。除此之外，顾飞女士还举办个展数次，这在当时上海画坛女画家群中并不多见，足见其艺术创作勤奋，艺术功底深厚。

1944 年，顾飞与裘柱常、傅雷等共同署名发起"黄宾虹八秩诞辰书画展览会"，社会影响巨大。

顾飞 20 世纪 40 年代任教于上海美术专科学校。多年以来，多次举办个人画展或者参加各类艺术展。还曾被选入柏林艺展。

于书画之外，顾飞也擅长诗文。曾以传统的拜师之礼正式拜入钱名山门下，专门学诗文。

她家可谓一门风雅，其夫裘柱常、其兄顾佛影都是著名文人。

1956 年在筹备上海国画院时，吴湖帆根据国画优良传统的成熟标准将顾飞提名为甲字画家，后担任上海工艺美术学校教师。1984 年受聘为上海市文史研究馆馆员。

顾飞山水（一）

顾飞山水（二）

谢月眉

谢月眉（1906—1998），名卷若。江苏常州人，词人谢玉岑三妹，画家谢稚柳三姐，长期随谢稚柳、陈佩秋夫妇寓居上海。民国时期中国女子书画会发起人之一。谢月眉自幼喜绘事，性平淡。擅花鸟，早年由恽南田、陈老莲花鸟入手，后上宗宋元工笔画法，所作工笔没骨意写花鸟气韵秀逸，精微典丽，运笔古雅，清新高致，充满生机，堪称"花鸟圣手"。

谢月眉作为民国时期上海著名女画家，曾与画友多次在沪举办画展，因其修养深厚、技艺精湛而深得好评。二十四岁所作《牡丹图》，随情赋色，花卉清润，被收入由中华书局1931年出版的《当代名人画海》，在当时的海上画坛有一定的影响。

江南大儒钱名山在《题谢月眉画例》中称："女士得气之清如月曙沐、诗书之泽、写卉木之华、六法之精，一时无两。"有江南才子之誉的谢玉岑在《题月眉工笔花鸟（四首）》中有句："剑气珠光迥绝尘，东篱昨夜露华新。""谁将画派溯南田？真谛惟应静里传。佛土花寒参识慧，仙禽语妙验清圆。""风雅故家零落尽，对君新稿一欣然。"

张大千对她颇为欣赏，在《题紫芍药图》成扇中有句："月眉画仿南田，盖毗陵正宗也。"1939年12月，张大千在上海大新公司举办画展同时陈列其多幅作品。

叶恭绰对她的艺术成就也给予了肯定："珍重江南谢月眉，春风笔底写燕支。瓣香合向瓯香好，五叶传灯得本师。"（《题谢月眉画》）

谢稚柳的早岁花鸟作品受谢月眉感染和影响甚深。1949年后，谢月眉淡出画坛，悉

谢月眉 《蝶恋花》

心为弟弟谢稚柳安排日常事务。她的沉寂，至今让人们遗憾和不解。

谢月眉参加中国女子书画会活动有如下多次：

1. 1934年4月29日，中国女子书画会成立大会。

2. 1935年12月8日，上海教育馆，妇女书画展。

3. 1936年5月29日，宁波同乡会四楼，中国女子书画会第三届书画展。

4. 1937年5月15日，宁波同乡会四楼，中国女子书画会第四届书画展。

5. 1939年11月11日，宁波同乡会四楼，中国女子书画会第六届书画展（两百余人）。

6. 1940年5月29日，大新公司四楼，名媛书画展，陈小翠、冯文凤、谢月眉、顾飞联展。

7. 1941年5月26日，大新公司四楼画厅，陈小翠、冯文凤、谢月眉、顾飞四人二次合作书画展。

8. 1941年11月8日，大新公司四楼画厅，中国女子书画会第八届书画展。

9. 1943年7月1日，宁波同乡会四楼，冯文凤、陈小翠、谢月眉、顾飞四人书画联展。

10. 1943年7月12日，上海市二商联谊会——华北急赈书画义展，冯文凤、谢月眉等。

谢月眉 工笔花鸟

谢月眉 《太真国色》

吴青霞

吴青霞（1910—2008），生于江苏常州。为江南收藏家、鉴赏家吴仲熙先生之女，学名吴德舒，号龙城女史、华堂，别署篆香阁主。在中国现代美术史上，吴青霞是继刘海粟、谢稚柳之后又一个从常州走出的著名画家，同乡刘海粟夸道："常州出了个女将军。"主要作品有《万紫千红》《腾飞河海入云霄》《腾飞万里》等。出版有《吴青霞画集》。

吴青霞自幼秉承庭训，师从其父临摹宋、元、明、清各派各家工笔画，并深得其精髓。后来，又学习清代边寿民的画法，作品渐成一宗。举凡人物、山水、花鸟、走兽均挥洒自如，栩栩如生。

十二岁时，参加常州赈灾义卖画展，腕下扇面，如一朵青云刚出岫，颇获时人赞誉。

十四岁时，画了一张《芦雁》图，一名商人看见后，非常喜欢，执意花四块大洋买下了这张画。

1928年，十九岁的吴青霞来到上海，以鬻画润例为业，开始在上海画坛崭露头角。她画的鲤鱼肥美而圆润，芦雁萧瑟而灵动，仕女典雅而有范。吴青霞以"鲤鱼、芦雁、仕女"三绝蜚声海上。

1934年，与李秋君、周鍊霞、陆小曼等组成中国女子书画会。

1956年，受聘为上海中国画院画师。作品《万紫千红》入选日本《世界名画集》。

曾任中国美术家协会会员，美协上海分会理事，中国国际文化交流中心理事，上海市文联委员，意大利欧洲学院院士，杭州西泠印社社员，上海市文史馆馆员，交通大学、上海师范大学兼职教授。

2008年6月8日于上海仙逝，享年九十九岁。

吴青霞1949年前的绘画艺术活动如下：

1934年6月2日，参加在上海宁波同乡会四楼举办的"中国女子书画会第一届书画展"。

1935年5月10日，参加在上海北京路贵州路口湖社举办的"中国女子书画会第二届书画展"。

1940年9月21日，参加在上海大新公司四楼画厅举办的"中国女子书画会第九届书画展"。

1944年11月21日，参加在上海"中国画苑"举办的"中国女子书画展"。

吴青霞扇面作品

吴青霞 《鱼跃》

吴青霞 《芦雁》

丁筠碧

丁筠碧（1900—1966），又名丁洁。1900年出生于上海金山枫泾丁氏望族，成长环境优渥。因是家中独女且有艺术天赋，被父母着力培养，从小就重金聘请名师教习国画与书法，并接受良好的系统教育。婚后定居上海，平日里相夫教子之余，同上海滩书画界来往密切，也亲自教授一帮女弟子学习国画。

1934年，与陆小曼、吴青霞、包琼枝、顾青瑶、李秋君等画友闺密共同发起创办了中国女子书画会这一当时唯一的女性书画团体，并被公议推举与陆小曼一起担任宣传干事，同时任花卉教师。

抗战时期，全家赴四川避战乱时，丁筠碧与其先生李博亭共同完成的一幅国画作品被国民政府选中作为国礼之一赠送给了当时来华访问的美国副总统华莱士。

抗战胜利后她返回上海，继续操办女子书画会事务直到1949年书画会停止运作。1966年8月，因急性心脏病去世。后人遵遗嘱，不置墓地，骨灰撒海。作品在"文化大革命"时期基本佚失，后人家中仅存一幅牡丹画作。

丁筠碧擅花鸟，从所绘《牡丹图》可见，构图雅致、设色沉着，透露出作者绘画技法的娴熟。其精严不苟而从容自在的创作，展现出作者闲雅优逸的心境。

丁筠碧、李博亭夫妇

丁筠碧作品

丁筠碧作品
（后人家中仅存的《牡丹图》）

冯文凤、丁筠碧合作《风霜独秀》1934 年

杨氏三姐妹

杨雪瑶

杨雪玖

杨氏三姐妹（雪瑶、雪玖、雪珍）早在20世纪二三十年代就活跃于画坛。1934年，中国女子书画会成立时，三姐妹就是会员，雪瑶、雪玖还是发起人之一，雪玖任常务委员，雪瑶任执行委员。杨氏姐妹的父亲杨白民1903年创办城东女学，该校以艺术专修为专长，王一亭（白龙山人）、杨东山（杨逸）均为校董，并聘请名师如黄炎培、李叔同、邵力子、吴昌硕、曾熙等授课。三姐妹师从吴昌硕、王一亭、杨东山等名师学习绘画和书法。

杨雪瑶（1898—1977），一名杨素，杨白民先生次女，十七岁有润格，工翎毛花卉。十八岁从城东女学文艺专科毕业。曾师从吴昌硕、王一亭、弘一法师等，二十多岁就名扬国内，1922年曾与黄宾虹合作巨幅花卉。曾任上海城东女学校长，1961年被聘为上海市文史馆馆员。

杨雪玖（1902—1990），字静远，杨白民先生四女，十五岁已有润格问世，工山水。十八岁从城东女学文艺专科毕业，留校任教，兼任南洋女子师范及爱国女校画科。1924年杨白民辞世，她受遗命任城东女学校长，执教务七年。1986年被聘为上海市文史馆馆员。

杨雪珍（1907—1995），一名杨雪真，杨白民先生五女。幼时起就刻苦学习书法，擅长板桥体，工人物。所绘罗汉像曾得丰子恺先生称赞，并为其画册篆额。

杨氏姐妹曾多次参加公益慈善展，如"江南慈善书画会""湘灾书画助赈会"，并多次办公益画展为城东女学补充校费。杨雪玖多次在国内外举办画展，1921年与其妹雪珍在日本东京举办姐妹画展等，均取得了良好的反响。

早在20世纪20年代，蔡元培、黄炎培、于右任等名流就曾为杨氏姐妹定润例，称她们能书善画，作品毫无闺秀纤柔之气，给她们的作品以较高的评价，一时传为美谈。

杨雪珍画，王一亭题

杨雪瑶 《梅花图》

杨雪玖 《香雪海》

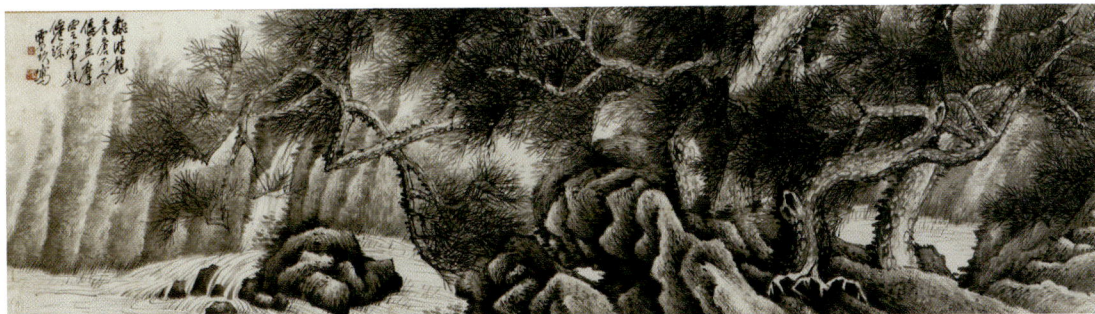

杨雪玖 《听游龙》

鲁氏六位女画人

鲁蘋　　　　　鲁藻

1935年，浙江永嘉（今温州）鲁氏姑侄外甥女一门三代六位女画人（鲁文、鲁蘋、鲁藻、鲁茉、鲁芹、林眉）一同加入中国女子书画会，并参加在上海举办的中国女子书画会书画展，一时传为佳话。

鲁文（1868—1941），又作鲁纹、鲁闻，字雪湘，别号纤纤女史，又号彤华馆女士。少从兄鲁孝迟学诗词，稍长，从汪如渊习画，得其师真传。与张红薇、蔡笑秋合称"汪氏同门三闺秀"，因其最年长，故又有"最老瓯滨女画师"之誉。经学大师孙诒让曾赞曰："永嘉鲁女史纹，凤精绘事，花卉尤擅长，邹小山、恽南田之余韵，于兹未渺。"据闻其所作百蝶图，曾蜚声日本，其作供不应求。鲁文侄女鲁蘩、

鲁蘋、鲁藻、鲁芹、鲁茉均随其习画，得其笔法。

鲁蘋（1900—1969），字涧青。父鲁孝迟，永嘉名宿。鲁蘋幼承庭训，通晓古文诗词，旋从汪如渊习画。朝夕挥毫，不倦不吝。永嘉名流许蟠云称其"慧心妙手，造诣殊深，平生瓣香南田，久亦神似。比来贡缣素求作品者踵相接"。鲁蘋是1936年《中国女子书画展览会特刊》刊登画作润格的十八位女画家之一。丈夫王亩仙，为园艺学家，鲁蘋与其合著有《浙南民间药用植物图说》一书（1959年浙江人民出版社出版），书内所配中草药植物插图，均为鲁蘋所绘。

鲁藻（1902—1979），字绮湄，又作绮眉、绮梅。从汪如渊习画。以画兰名闻画坛。文物鉴定专家、书画家杨复明在《兰言四种》中谓："画兰古不如今，近见东嘉鲁藻画，秀健绝伦，笔底亦颇驰骤，闺秀而有学士风，却不似管夫人，不作折笔与断笔也。"鲁藻首创海上女子墨兰展，实女子画苑中少见兰石专家。其绘名亦为时重，

1948年展览现场：鲁藻和女儿许婉琳

前几年其作品还现于大型艺术品拍卖会。

鲁茱,又作鲁芝。留世有几幅出色的写意花鸟图。近年在拍卖场还出现过她的作品。

鲁芹,字楚葵,号碧漪。能诗善画,很有才气。二十五岁时,在生第二个孩子之际,因难产去世。在《中国女子书画展览会特刊》上曾刊有一幅《鲁碧漪女士遗象》,何香凝题字。并附有其小传,略述其生平及才气。

林眉,鲁蘩女儿,曾随鲁文、鲁藻等学画。20世纪40年代中后期离开温州迁居上海,随鲁文、鲁藻等一起加入中国女子书画会。

鲁氏的后代也有志于中国传统书画的发展与研究。鲁蘋的外孙女陈芳,现为新时期中国女子书画会会员,居美国凤凰城(美国亚利桑那州州府),专工抽象水彩画。

鲁茱画作　　　　鲁蘋画作

鲁藻画作　　　　鲁文画作

▶ 中国女子书画会（民国时期）主要活动

时间	地点	内容	参加人物
1934 年 4 月 29 日	海宁路 890 号	中国女子书画会成立	冯文凤、李秋君、陈小翠、顾青瑶、杨雪玖、顾默飞、唐冠玉、虞澹涵、陆小曼、吴青霞、包琼枝、丁筠碧、徐慧、余静芝、周鍊霞、鲍亚晖、谢应新、谢月眉、杨雪瑶、庞左玉等
1934 年 5 月 18 日	海宁路 890 号	该会开会，欢迎新会员，并推陈小翠、李秋君为女子书画会主任	
1934 年 6 月 2 日	宁波同乡会四楼	中国女子书画会第一届书画展	陈小翠、吴青霞、杨雪瑶、陆小曼、潘渭、张坤仪、冯文凤、周鍊霞等
1934 年 6 月 15 日		中国女子书画会编辑出版《中国女子书画展览会特刊》	
1934 年 7 月 7 日	利利文公司	中国女子书画会扇面展	
1935 年 5 月 10 日	北京路口贵州路湖社	中国女子书画会第二届书画展	冯文凤、陈小翠、杨雪玖、吴青霞、包琼枝、李秋君、顾青瑶、唐冠玉、何香凝、李叔华、席与真以及岭南画派的熊璧双、熊佩双、谈月色、陈瘦金、张坤仪等
1935 年 12 月 8 日	上海教育馆	妇女书画展	何香凝、谢月眉、赵含笑、龚淡如、冯文凤、黄映芬、徐瑛、陈克明、凌裕达、蒋宗遥、杜庆芬、徐云、张宛青、鲍亚晖、陶萃英、顾默飞、朱志贤、蒋兆英、谭剑飞、谈文英、陈静、戴月英、顾文华、邹文英、邹雯瑛、陈静一、汪月珍、钱模洁、董妙英、余静芝、沈秋雁、刘寄尘、潘文淑、张玉英、周大缜、徐慧、顾青瑶、朱人琪、包琼枝、陈小翠、郭仁、陆小曼、周丽华、张玉芝、唐冠玉、郭智、郭勇及查浣尘等
1936 年 5 月 29 日	宁波同乡会四楼	中国女子书画会第三届书画展	除老会员百余人外，又有朱人琰、席佩真、孙禄卿、汪素、方子筠、包琼枝、毛燧华、邓碧华、荆世芬、何香凝、章述亭、潘渭、谈月色、张坤仪、李华书、樊彩霞、任均耀、永嘉鲁氏姐妹、真茹郭氏姐妹等
1936 年 6 月 2 日	中华学艺社	潘玉良画展	

（摘自王韧《中国女子书画会研究》）

时间	地点	内容	参加人物
1937年5月15日	宁波同乡会四楼	中国女子书画会第四届书画展	李秋君、谢月眉、余威丹、鲍亚晖等
1939年11月11日	宁波同乡会	中国女子书画会第六届书画展	谭曼珈、张安之、张怀之、刘洁、孙微、汪德祖、查丽珠、戴雪伟、何怡如、朱人琰、谢月眉等新旧会员二百余人
1940年5月29日	大新公司四楼	名媛书画展览	冯文凤、陈小翠、谢月眉、顾飞
1940年12月21日	大新公司四楼东厅	陆小曼、翁瑞午联合国画展览	
1941年5月26日	大新公司四楼画厅	陈小翠、冯文凤、谢月眉、顾飞四家二次合作书画联展	
1941年11月8日	大新公司四楼厅	中国女子书画会第八届书画展	除全体会员百余人外，并有新参加会员多人
1942年7月28日	女子银行楼	顾飞个展	
1942年10月26日	大新公司四楼画厅	庞左玉义卖助学画展	
1943年7月1日	宁波同乡会四楼	冯文凤、陈小翠、谢月眉、顾飞四家书画联展	冯文凤、陈小翠、谢月眉、顾飞
1943年7月12日	上海市二商联谊会	华北急赈书画义展	冯文凤、谢月眉等
1944年6月1日	八仙桥青年会青年画厅	顾默飞画展	
1944年6月6日	中国画苑	杨雪玖国画、伍季真油画二友二届画展	
1944年11月21日	中国画苑	中国女子书画展	李秋君、吴青霞、周鍊霞、陆小曼、朱志贤、陈静子、姚润华
1945年6月14日	静安寺路（今南京西路）黄陂路口大观园	庞左玉扇面展	
1946年9月5日	中国画苑	鲍亚晖画展	
1947年5月2日	中国画苑	中国女子书画会第十三届会员书画年展	
1947年5月12日	上海大新公司画厅	唐蕴玉油画展	
1947年9月26日	文庙路上海市民众教育馆	杨雪瑶国画展	
1948年5月21日	中国画苑	庞左玉画展	
1949年		中国女子书画会解体	

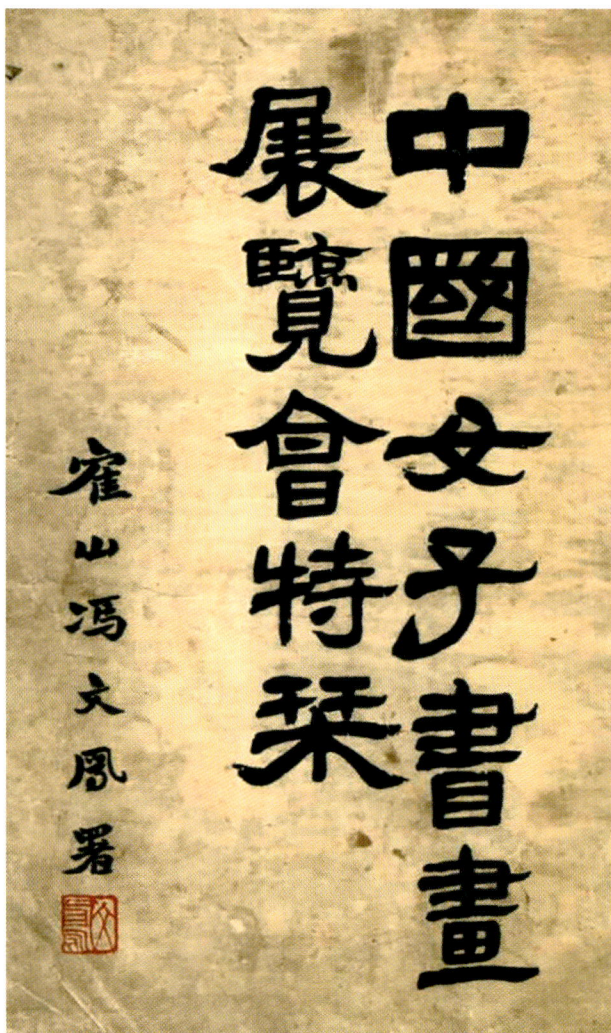

多次在上海大新公司（今第一百货商店）举办中国女子书画会书画展，系中国美术史上首创，引起社会轰动

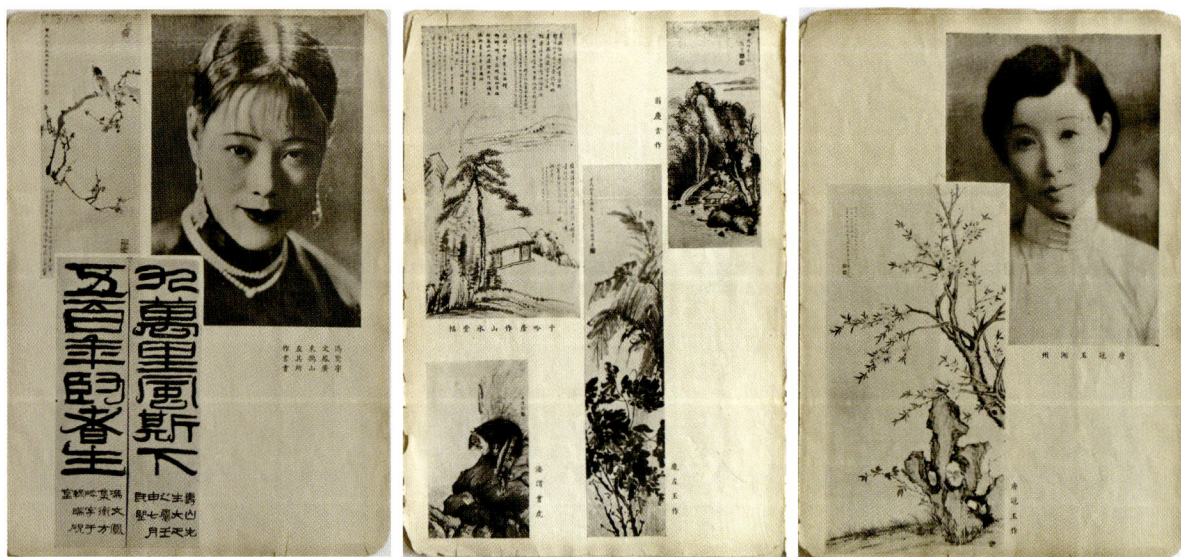

《中国女子书画展览会特刊》书影与内页

举办公益慈善拍卖

赈济受灾难民

参加抗日救亡运动

▶ 中国女子书画会（民国时期）老会员后裔寄语

点燃心中的梦

家祖母丁筠碧是中国女子书画会早期创会发起人之一，在画会中担任花卉教师，并与陆小曼等前辈一起负责对外宣传工作。

因为一个十分偶然的契机，得知中国女子书画会正在开展重建活动且已获得了各方大力支持，欣喜之余，曾利用出差之际找到筹委会在上海的活动中心，但因市政动迁已搬往他处，后通过一番辗转，终于与筹委会取得了联系，还第一次参与了 2023 年五一节期间在无锡鼋头渚女子书画会后援团雅聚活动。

中国女子书画会是中国美术史上第一个女性艺术家社团，在其存续的十五年里，创下了多个"第一"纪录，这既是家族前辈的荣耀，也是身为后裔的骄傲。本人幼承庭训，酷爱国画，虽基于种种原因未能拜师并成为美术专业人士，但心中始终有一个水墨丹青梦，工作之余一直坚持作画练习，若非受性别限制，定会毅然加盟会员行列。但现在加入书画会后援团为重建活动助力，亦不失点燃了心中的梦想。

丁筠碧孙子李伟彦

李伟彦简介

1963 年出生，毕业于东北大学计算机科学专业，工业自动化行业资深从业者，南京尔彦数控设备技术有限公司总工程师，高级工程师。现已退休。

告慰前人

中国女子书画会重建筹备之初，通过朋友的介绍联络上了筹备组。我们感到筹备组对发掘和继承这一珍贵的传统文化遗产信心百倍，充满理想，计划周密，令人感动。我们的祖母杨雪瑶、杨雪玖是原中国女子书画会的发起人之一，负责一些实际工作。作为老会员的后人，我们支持中国女子书画会的重建工作，并尽所能向筹备组提供了原中国女子书画会的历史资料和自家前辈的生平简介，希望能为公众重新了解原中国女子书画会的历史，进而激励后辈继承前辈的优良传统，弘扬中华女性艺术家的高尚风范做出一些小小的贡献。

对民国时期的中国女子书画会的记忆仅停留在美术史的专著中。现在绝大多数国人，包括许多女性同胞并不了解民国时期中国女子书画会的那段历史，不了解她们在当初封建势力那么强大的环境中所创造出的艺术成就和对社会所尽的责任及贡献。今天重建中国女子书画会，确实具有很大的现实意义，既可以缅怀前辈，又能够续写历史。使我们这个许多珍贵历史文化遗产遭到毁坏的国家和城市增添一个新的文化遗产景观，这应是一件好事，相信也能告慰故去的前辈艺术家。

最后希望其他中国女子书画会老会员的后裔也能积极为中国女子书画会重建活动的工作提供协助。

杨氏三姐妹后裔

杨雪瑶长孙俞家平（中国上海）

杨雪玖孙女余大风（美国）

尽己所能参与重建

　　永嘉（现属温州）鲁氏一门三代姑侄外孙女出了六位女画人，且六人携手加入当时最具艺术水准的女性书画艺术组织——中国女子书画会，在当地传为佳话。虽然有名有姓记载她们参加书画会的活动不多，遗留她们的生平资料也少，但她们仍然值得我们后辈怀念和尊敬，我们为有这样的先人感到骄傲。

　　我们是从网上获悉中国女子书画会已经重建。在同重建团队接触交流后发现，重建的中国女子书画会不但将继承原老画会的优良传统和高贵的艺术特质，还大大前进了一步，跨出原来以上海区域为主的活动范围，扩展至中国大陆，还在全球华裔女性书画家中发展会员并计划举办一系列国内外巡展，这将极大地提升中国女子书画会的影响力。这次编辑制作的画册将中国女子书画会的历史和重建工作整合在一起，使公众了解那段被遗忘的历史，珍惜前辈留给我们的文化遗产，以这种方式怀念我们的先辈，真是一件功德无量的善事。我们配合编辑组，提供了六位鲁氏会员的资料，但限于年代久远，又经历了动乱时代，保存下来的资料非常少。感谢重建团队的工作，愿意尽己所能参与这次及今后有意义的事业，为再造中国女子书画会的雄风贡献力量！

鲁氏女画人后裔

陈长乐、陈长辉、陈芳

鲁蘋孙女（王兰欣、王兰思）

鲁蘋外孙、外孙女（左起：陈农、陈长乐、陈长辉、陈芳）

第二章

正在走出历史

2015—2024

▶ 中国女子书画会（筹）概况一

六十六年后的 2015 年 11 月，由上海以卢增贤为首的几位中青年女书画家倡议发起，开启了重建中国女子书画会之路。在留美归国的华裔女性画家庞沐兰女士的协助下，邀请原中国女子书画会唯一健在的老会员，久负盛名的书画艺术家陈佩秋先生担纲出任重建筹备组的名誉主席，加入重建活动。此后各地女性书画艺术家闻讯纷至沓来，积极跟进，聚集了近百名成员，还得到了众多企业家和书画艺术界重量级专家的支持。

2016 年元旦，重建活动官网正式上线，宣布中国女子书画会开始重建筹备进程，公开邀请海内外华裔女性书画家加盟重建活动。此后，主要倡议发起人卢增贤分别邀请部分老会员后裔和于茵、沈小倩、张艳焱、姚意平等共同发起了重建活动。

2017 年 5 月 5 日，由上海书画院主办，在上海图书馆举办了"中国女子书画会（筹）新生代会员全球巡展——上海首发"书画展。九十余名加盟重建活动的境内外新生代成员展出作品百余幅。这是重建后的中国女子书画会（筹）首次亮相，震动上海艺术界，三天展期，有三千余人参观，二十五家媒体报道。

重建筹备组初期的领导机构为执委会，后改组为国际委员会（简称国际会）。

筹备组成员看望陈佩秋先生（2017 年冬）
前排左起：潘宗军、陈佩秋、张国梁
后排左起：何诗琪、张艳焱、姚意平、于茵、卢增贤、周佩娜

筹备组向陈佩秋汇报工作
左起：张国梁、卢增贤、陈佩秋、沈小倩

中國女子畫會

陈佩秋先生为重建的中国女子书画会题写会标

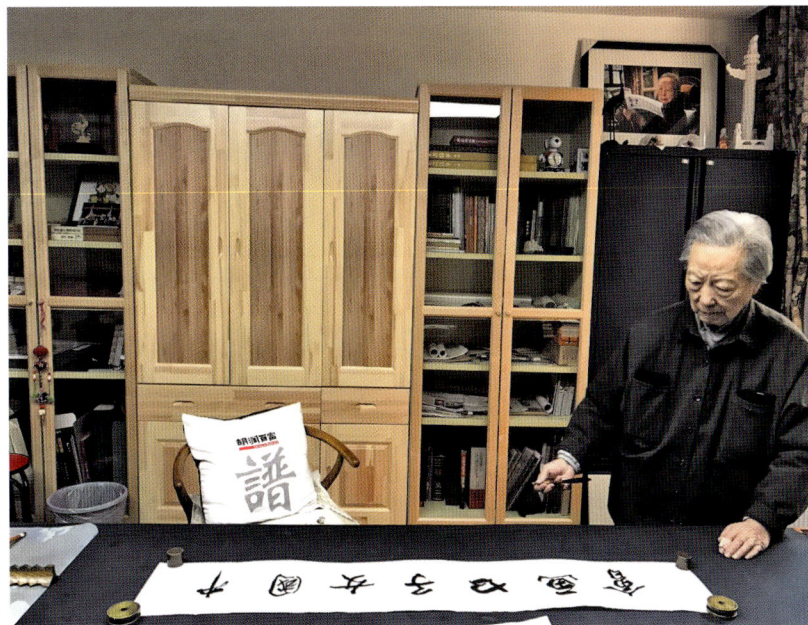

▶ 中国女子书画会（筹）初期

/ 创始核心成员 /

陈佩秋

名誉主席

庞沐兰

国际会会长，陈佩秋艺术非遗传承人，老会员庞镜蓉后裔

彭月芳

国际会副会长，重建活动重大贡献者，中国工艺美协会员

卢增贤

国际会常务副会长兼秘书长，重建主要发起人，中国美协会员

杨　娟

国际会副会长，重建活动重要参与者，中国美协会员，大学教授

宋秋馨

国际会副会长，重建活动重要参与者，北京市美协会员

毛冬华

国际会副会长，上海美院副院长，中国美协连环画艺委会委员

叶君萍

国际会副会长，重建活动重要参与者，国际知名华裔画家

沈小倩
国际会副会长，重建活动重
要参与者，上海书画院高
级画师，上海市美协会员

陆佳颖
国际会秘书长助理，本硕
毕业于景德镇陶瓷大学，
雕塑家

于 茵
国际会副会长，重建活动重
要参与者，中国美协会员

何诗琪
国际会秘书长助理，毕业
于西安美院，版画 / 国画家

姚意平
国际会副会长，重建活动
重要参与者，上海市书协
会员，启骧弟子

谢晨雯
国际会秘书长助理，上海
美协会员，水彩画家

孙贝贝
国际会副秘书长，重建活
动重要参与者，上海美协
会员，油画家

吴 斌
国际会秘书处专员，
IMWA 国际水彩大师联盟
会员，毕业于上大美院

张艳焱
国际会副秘书长，重建活
动重要参与者，上海美协
会员，版画家

/ 创始成员发展研讨会 /

2016 年春天，无锡籍成员代表彭月芳（左二）、巫浣素（左五）等来沪与筹备组探讨组建无锡分会并计划在无锡举办活动的事宜。卢增贤秘书长（左六）、姚意平副秘书长（左三）、秘书长助理何诗琪（左八）与其会谈并合影

2016 年 6 月 15 日、19 日， 上海成员分别在雅士大厦筹备组驻地举行了两次发展研讨会，就重建活动的发展方向和首次向社会亮相的大型画展策划进行了充分的讨论。图为研讨会场景

/ 创始成员两岸联谊笔会 /

2016年8月15日上午，本会中华书画艺术同心会执行长、北京大学中国传统艺术文化研究所交流合作部主任叶君萍女士偕同台湾西觅亚乐高活动中心主任林英妆女士来访本会筹备组所在地——上海雅士大厦，同本会上海成员进行了首次两岸联谊笔会。本会执委兼秘书长卢增贤、执委兼副秘书长姚意平、秘书长助理周佩娜和会员陈造容、鲁强、刘颖婕、王家菊等参加了此次活动。

叶君萍女士高度评价筹备组的各项工作，认为"中国女子书画会"这个平台对加深两岸女性书画家的艺术交流和友谊起到了很好的作用。卢增贤秘书长代表秘书处对台湾成员的到来表示热烈的欢迎，期望这种类似的活动今后多举办一些，还希望中国台湾成员对计划中的"中国女子书画会全球巡展——2018中国台湾"活动给予配合和帮助。

笔会期间，与会人员现场创作了多幅个人画作，相互交流切磋画技并联手创作了国花牡丹图赠给筹备组收藏。

左起：林英妆、刘颖婕、鲁强、陈造容、叶君萍、卢增贤、周佩娜、姚意平、王家菊

现场创作

/ 上海活动中心 /

中国女子书画会（筹）上海活动中心

展览厅

会客室

多功能活动大厅

龙华路创意大院 F 栋外景，2019 年 3 月入驻，因市政动迁于 2020 年 6 月撤出。
地址：上海市徐汇区龙华路 2577 号创意大院 2 期 F 栋四楼

上海雅士大厦——筹备组早期活动场所。
入驻时间：2016 年 3 月—2019 年 2 月
地址：上海市长宁区凯旋路 399 号龙之梦雅仕大厦 215 室

▶ 中国女子书画会（筹）概况二

　　2018年初，重建筹备组邀请了数位北京著名女性书画家加盟重建活动，经她们联络北京及其他省市的一些知名女性艺术家，短短数月，就邀请到五十名知名女艺术家（其中成员三十六名，顾问十四名）加盟了重建活动。她们的加盟，是重建活动的一个新里程碑。

　　2018年3月26日举行了第一次主席团会议。本次会议由陈佩秋先生授权王晓卉女士主持，以通信方式举行，讨论并形成了以下决议：

　　1. 确定筹委会主席团由以下成员组成：

　　陈佩秋、王晓卉、庞沐兰、唐秀玲、班苓、曹香滨、王小晖、韦红燕、王绿霞、范一冰、卢增贤。根据复会重建工作需要，可再增加主席团新的成员。新增成员由王晓卉女士提名，报请陈佩秋先生知悉，经主席团会议确认。（注：后增补了喻慧、李传真、潘缨、刘丽萍四位新成员）

　　2. 会议公推陈佩秋先生为筹委会主席。经陈佩秋主席提名，选举王晓卉女士为筹委会常务副主席（主持工作）。

　　3. 经王晓卉常务副主席提名，确定庞沐兰、唐秀玲、班苓、曹香滨、王小晖、韦红燕、王绿霞、范一冰为筹委会副主席，卢增贤为筹委会秘书长。（注：后增补了喻慧、李传真、潘缨、刘丽萍为副主席）

　　4. 会议确认，筹委会主席团各成员将在本会未来获准注册时自动转换为经首届会员大会选举的领导机构候选人名单而当选，职务不变。即筹委会完成使命予以解散后，陈佩秋先生出任中国女子书画会主席，王晓卉女士出任常务副主席（主持工作），庞沐兰、唐秀玲、班苓、曹香滨、王晓晖、韦红燕、王绿霞、范一冰出任副主席，卢增贤出任秘书长。（注：后增补了喻慧、李传真、潘缨、刘丽萍为副主席）

　　5. 经陈佩秋主席提议，会议确认本会未来获准注册时，法定代表人由卢增贤秘书长担任。

　　6. 经王晓卉常务副主席提议，会议决定本会总部设在北京，秘书处设在上海。按工作需要，秘书处人员可选用京沪两地人士。

　　7. 会议通过《中国女子书画会章程〈草案〉》及《中国女子书画会入会标准－试行版》，决定在复会重建阶段试行,待本会未来获准注册时,按照相关法律规定,重新修订,并经会员大会表决通过,正式施行。

8. 会议决定适当时候在上海举行复会重建启动仪式,具体方案由王晓卉常务副主席负责。在此之前,可撰写复会重建公告,邀请符合入会标准的女性书画艺术家加盟和动员社会各界仁人志士给予后援支持。

主席团成员(签字):陈佩秋、王晓卉、庞沐兰、班苓、曹香滨、唐秀玲、王小晖、韦红燕、王绿霞、范一冰、卢增贤

2018 年 8 月 13 日,在国家一级组织——中国通俗文艺研究会楚水会长的支持下,成立了"中国通俗文艺研究会'中国女子书画会'研究委员会"(以下简称"研究会"),陈佩秋先生被聘为主任/主席,王晓卉被聘为

常务副主任(主持工作),唐秀玲、韦红燕、陈秀、范一冰等多位当代知名女艺术家被聘为副主任,卢增贤被聘为秘书长(名单详见附页批准文件)。十四位老艺术家被聘请为顾问,二十二位各省市知名艺术家被聘为常务理事(详见后页介绍)。

至此,中国女子书画会(筹)在国内开展活动时,有了合法活动的平台,必要时采用"中国女子书画会"研究委员会名称,两者具有相同内在含义,而在境外开展活动时仍沿用"中国女子书画会"名称。

同年 9 月 26 日,在上海云间美术馆举办的画展(详见本章——中国女子书画会重建主要活动)将中国女子书画会的重建活动推到了一个新的高度,使"中国女子书画会"的品牌影响力扩散至全国各地,确立了其在中国美坛

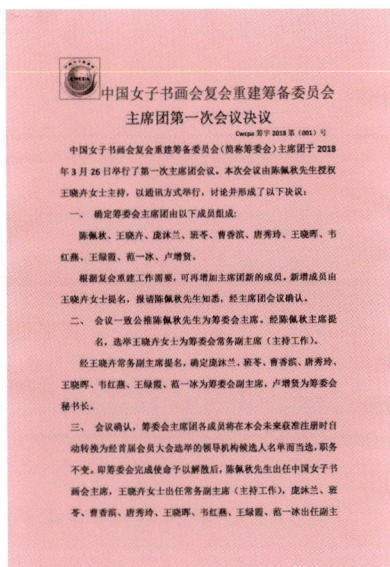

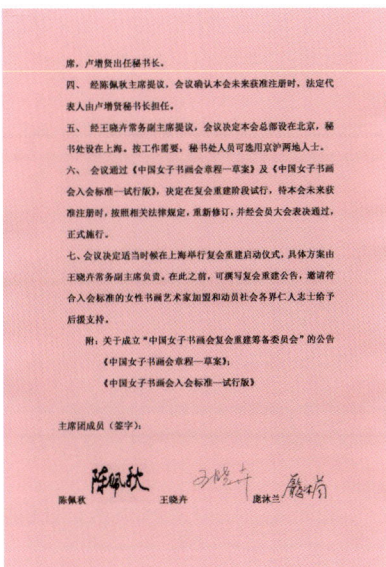

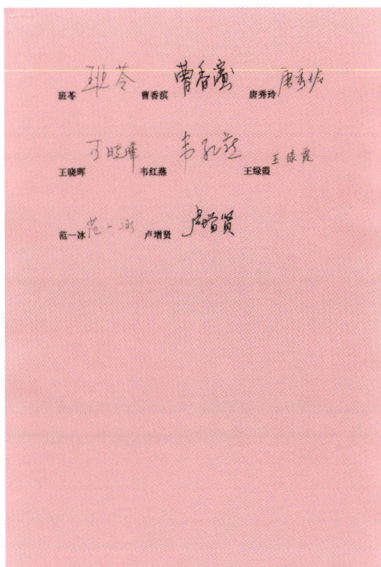

的地位。

此后，筹委会又组织了多次活动，重建活动延续至今，影响力遍及中外。目前，成员中云集了众多老中青各年龄层次的艺术家，其中不乏享誉国内外的著名女性艺术家和新一代中西画派精英，在册成员二百七十余名，已成为中国及华裔世界高端女性书画艺术力量，无论是成员人数、分布地域还是整体艺术水准均已超越民国时期的老画会，已可告慰中国女子书画会老一辈艺术家了。

2022年9月8日，"中国女子书画会"研究委员会为开展活动需要，又在中国书画收藏家协会旗下成立了"'中国女子书画会'研究委员会"，作为该协会下属的艺术委员会开展活动，内部人员构成及领导成员均与中国通俗文艺研究会旗下的"'中国女子书画会'研究委员会"一致。至此，研究会对外的名称又多了一个称呼即"中国书画收藏家协会—'中国女子书画会研究委员会'"，对内仍简称"研究会"。

陈佩秋主席在2020年6月26日病故后，"'中国女子书画会'研究委员会"于2023年10月12日在王晓卉常务副主席的主持下召开了主席团代表会议，出席会议的还有唐秀玲、陈秀、韦红燕、范一冰四位副主席，由范一冰记录，讨论了主席职务递补及其他工作事项。与会者公推王晓卉继任主席，并报上级组织批准。同时新设艺委会，由韦红燕副主席兼任艺委会主任，会议还讨论了2024年在北京举办全国性画展，该工作责成王晓卉负责牵头落实等其他事项。

2024年是中国女子书画会诞生九十周年，为纪念这一重要历史节点，中国女子书画会（筹）响应习近平总书记在文化传承发展座谈会上的讲话精神，"以守正创新的正气和锐气，赓续历史文脉、谱写当代华章"。决定在全国多个城市及部分境外地区举办"薪火相传·中国女子书画会前世今生风采展"全国联展。同时，编辑出版《唤醒的历史——中国女子书画会重建活动纪实》图书为注册登记做好铺垫。

/ 中国通俗文艺研究会 "中国女子书画会" 研究委员会成立 /

中国通俗文艺研究会（CHINA SOCIETY FOR LITERATURE POPULAR RESEARCH）是由从事文艺创作和研究的文学家、艺术家、评论家、编辑家和有关专家、学者和省、市、区文学艺术社团自愿结成的，并由中国文学艺术界联合会（中国文联）主管，民政部登记的全国性学术团体，国家一级社团。

中国通俗文艺研究会　名誉会长楚水

中国通俗文艺研究会

通组字（2018）第 12 号

签发人：楚　水

《中国女子书画会》研究委员会筹委会：

中国女子书画会成立于 1934 年 4 月 29 日的上海，由冯文凤、李秋君、陈小翠、顾青瑶、杨雪玖、顾飞等发起，是中国第一个女子美术社团，后又有何香凝、陆小曼、吴青霞、潘玉良、唐冠玉、虞澹涵、杨雪瑶、谢月眉、庞左玉等当时一批知名度较高、颇有才华的女性书画家加盟，会员扩散至全国多达 200 余人。在存续的 15 年间，以冲出封建藩篱、巾帼不让须眉的勇气，编辑出版《中国女子书画》特刊四期，举办画展二十余届，还积极投身社会，举办仁心普举的公益慈善拍卖，作品售出后，所得款项悉数捐助贫困儿童、赈灾、抗战支前，等社会公益活动。被称之为 "是中国美术史上第一个规模最大、艺术水准最高、存续时间最久的女性艺术组织"，她创造的成就和影响力在中国美术史上拥有不可磨灭的地位，值得传承和发展，以及研究和推广。经研究同意成立中国通俗文艺研究会《中国女子书画会》研究委员会。

同意：陈佩秋任主任委员（主席），王晓卉任常务副主任委员，王小晖、王绿霞、韦红燕、刘丽萍、李传真、陈秀、范一冰、庞沐兰、班苓、唐秀玲、曹香滨、喻慧、潘缨（按姓氏笔画排序）任副主任委员，卢增贤为秘书长，朱雅萍、王虹为副秘书长。

希望《中国女子书画会》研究委员会成立以后，以习近平主席 "加强社会主义核心价值观体系建设，大力弘扬中华优秀传统文化" 的讲话精神为指导，脚踏实地，扎实工作，为实现中华民族伟大复兴的中

国梦，继承老一辈中华女性艺术家的崇高境界，发扬光大自主独立、个性鲜明的艺术风貌，并推进世界华裔女性书画艺术家之间的交流，为建设社会主义文化强国贡献力量。

此复

/"中国女子书画会"研究委员会架构图/

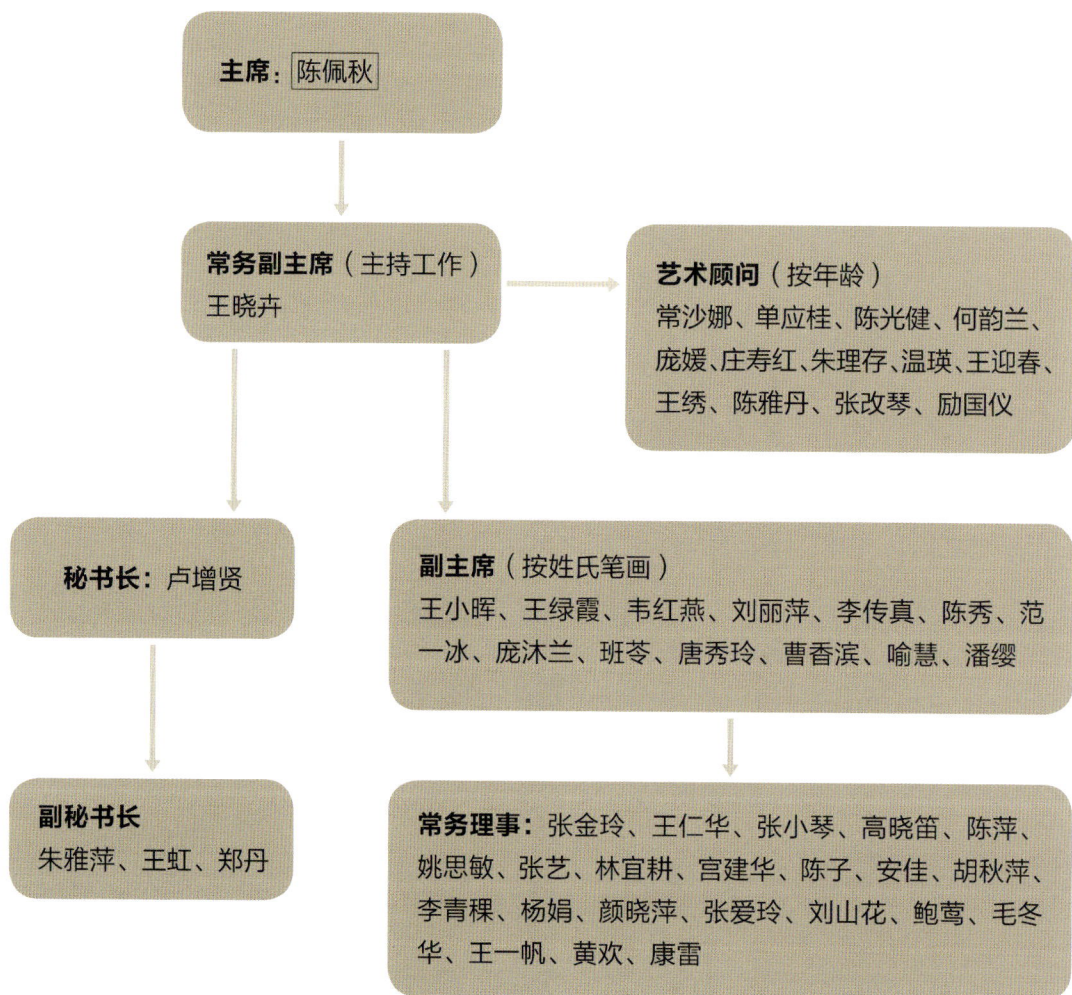

主席：陈佩秋

常务副主席（主持工作）
王晓卉

艺术顾问（按年龄）
常沙娜、单应桂、陈光健、何韵兰、庞媛、庄寿红、朱理存、温瑛、王迎春、王绣、陈雅丹、张改琴、励国仪

秘书长：卢增贤

副主席（按姓氏笔画）
王小晖、王绿霞、韦红燕、刘丽萍、李传真、陈秀、范一冰、庞沐兰、班苓、唐秀玲、曹香滨、喻慧、潘缨

副秘书长
朱雅萍、王虹、郑丹

常务理事：张金玲、王仁华、张小琴、高晓笛、陈萍、姚思敏、张艺、林宜耕、宫建华、陈子、安佳、胡秋萍、李青稞、杨娟、颜晓萍、张爱玲、刘山花、鲍莺、毛冬华、王一帆、黄欢、康雷

注：以上架构图系根据 2018 年 9 月 26 日在上海云间美术馆召开的中国通俗文艺研究会"中国女子书画会"研究委员会第一届理事会决议而制作，上述人员聘书由陈佩秋主席签发，聘期为四年。

/"中国女子书画会"研究委员会核心成员 /

陈佩秋

著名艺术家、中国美协会员、上海书画院院长、
研究会主席

王晓卉

中国美协会员，北京市国画艺术家协会主席，
研究会继任主席

庞沐兰

老会员庞镜蓉后裔，留美归国画家，陈佩秋艺
术非遗传承人，研究会副主任（副主席）

唐秀玲

中国美协会员，山东美协副主席，研究会副主
任（副主席）

陈　秀

中国美协会员，中国文化遗产研究院副研究
员，研究会副主任（副主席）

韦红燕

中国美协会员，首师大美术学院教授、博士生
导师，研究会副主任（副主席）

范一冰

中国美协会员，北京市海淀区美协副主席，研究会副主任（副主席）

喻 慧

中国美协会员，中国工笔画学会副会长，研究会副主任（副主席）

李传真

中国美协会员，中国艺术研究院中国画院画家、硕导，研究会副主任（副主席）

潘 缨

中国美协会员，中国艺术研究院中国画院画家、硕导，研究会副主任（副主席）

王小晖

中国美协会员，山东艺术学院教授、硕导，研究会副主任（副主席）

王绿霞

中国美协会员，北京市文史馆馆员，研究会副主任（副主席）

刘丽萍

中国美协会员，中央美术学院版画系教授、博导，研究会副主任（副主席）

班　苓

中国美协理事，安徽省文史馆馆员，研究会副主任（副主席）

曹香滨

中国美协理事，黑龙江美协副主席，研究会副主任（副主席）

卢增贤

中国美协会员，中国工笔画学会会员，传承重建倡议发起人，研究会秘书长

/ "中国女子书画会" 研究委员会艺术顾问 /

常沙娜　曾任教清华大学、中央美院，中国美协原副主席，获中国文联"终身成就美术家"称号

单应桂　曾任中国美协理事，现为山东艺术学院教授、山东文史研究馆馆员

陈光健　西安美术学院中国画系主任、教授，陕西国画院画师

何韵兰　毕业于中央美术学院，中国美协原理事、中国美协少儿艺委会主任

庞　媛　清华大学美术学院教授，中国美术家协会会员，中国工笔画学会会员

庄寿红　清华大学美术学院教授，中国美术家协会会员，北京市文史研究馆馆员

朱理存　中央文史馆书画院部委员，中国国家画院研究员，中国美协原理事

温　瑛　中国美术家协会会员，王雪涛纪念馆馆长，北京九三书画院院长

王迎春　中国美协国画艺委会委员，中国国家画院院务委员，国家一级美术师

王　绣　中国美协会员，国家一级美术师，河南省美术家协会顾问

陈雅丹　清华美院教授，中国美术家协会藏书票研究会副会长

张改琴　中国书法家协会顾问，曾任全国政协委员，中国书协副主席

励国仪　中国美术家协会会员，曾任杭州画院副院长、杭州美术家协会副主席

/ "中国女子书画会" 研究委员会常务理事 /

张金玲　中国美协会员，中国电影家协会会员，国画大师娄师白先生弟子

王仁华　中国美协会员，安徽省书画院专职画家，安徽省中国画学会副会长

张小琴　中国美协会员，西安美院教授、硕导，陕西省中国画学会副会长

高晓笛　中国美协会员，中国工笔画学会会员，四川美协艺委会专家委员

陈　萍　中国书协会员，安徽省女书法家协会主席，省文史馆书画研究员

姚思敏　中国美协会员，中国工笔画学会常务理事，四川省工笔画学会副会长

张　艺　中国美协会员，中国工笔画学会会员，南京邮电大学教授、硕士生导师

林宜耕　中国美协会员，中国工笔画学会理事，福建师大教授、硕士生导师

宫建华　中国美协会员，哈尔滨师大教授、博导，黑龙江省文史研究馆馆员

陈　子　中国美协会员，中国工笔画学会理事，福建省画院专职画家

安　佳　中国美协会员，中国工笔画学会常务理事、文化部现代工笔画院副院长

胡秋萍　中国书协理事，国家画院书法篆刻院副院长，中华诗词学会理事

李青稞　中国美协会员，四川省美协副主席，成都画院副院长

杨　娟　中国美协会员，大学教授，国家一级美术师，北京荣宝斋特约画家

颜晓萍　中国美协会员，中国工笔画协会理事，深圳画院专职画家

张爱玲　中国美协重彩研究学会理事，中国艺术研究院艺术创作院专职画家

刘山花　中国美协会员，中国工笔画学会会员，文化部青联美术工作委员会委员

鲍　莺　中国美协会员，上海中国画院画师，国家一级美术师

毛冬华　中国美协连环画委员，中国工笔画学会山水艺委会委员，上海美术学院副院长

王一帆　中国美协会员，中国工笔画学会会员，空军政治工作部文创室专职画家

黄　欢　北京服装学院造型艺术系副教授、硕导，中央美术学院美术学博士

康　雷　中国美协会员，国家画院专职画家、版画专业委员会委员，一级美术师

/"中国女子书画会"研究委员会副秘书长/

朱雅萍、王　虹、郑　丹

注：以上成员于 2018 年 9 月 26 日由陈佩秋主席授予聘书。

▶ 中国女子书画会重建主要活动

纪念中国女子书画会成立八十三周年
新生代会员书画作品展（上海首发）

签名赠送画册，部分参展成员集体签名派书

宋秋馨主持开幕式，卢增贤代表筹备组致欢迎辞。画展三天有数千名观众参观了画展。出席画展的各界嘉宾：上海市美协、上海市书协、上海美协海墨中国画会、吴昌硕艺术研究会等各界人士三百人左右。二十五家中外媒体报道了本次画展。

画展主题："中国女子书画会——前世·今生·愿景"	指导单位：中华文化促进会传统文化委员会
时　　间：2017年5月5日—7日	主办单位：上海书画院
地　　点：上海图书馆西座1号展厅	协办单位：上海蜚美文化艺术有限公司
参　　展：中国女子书画会（筹）参与成员九十余人	深圳万人市场调查集团
展品规模：中国画、书法、油画、版画、水彩画等一百幅作品	上海舜奥控股集团

上海会员与嘉宾陈琪（后左十一）、潘宗军（后左七）

嘉宾左起：冯士钦、张国梁、崔益林、赵国选、卢增贤、
顾瑞萍、张扣存、曹明凤、林恩奇

叶君萍赠画，左起：嘉宾何明龙、张国梁、叶君萍（左
三）、刘亚萍（左五）、宋秋馨（左六）

无锡会员与嘉宾应鹤光（左三）、卢亚民（左四）

筹备组成员左起：张艳焱、卢增贤与嘉宾刘袁玲娣（左
三），于茵等。

卢增贤（左三）、姚月清（左四）与来宾

嘉宾顾肖峰与卢增贤

民国时期创始会员鲍亚晖女儿
夫妇携母亲遗作参展

刘蟾（刘海粟之女，左二）和嘉宾汪进荣

纪念中国女子书画会成立八十三周年
中国（无锡）国际华裔女子美术作品展

  借助上海首展的东风，2017年11月18日，中国（无锡）国际华裔女子美术作品展在无锡市图书馆底楼（两个展厅）隆重开幕，无锡市老领导和市有关部门领导在开幕式上与参展女画家合影，彰显了对中国女子书画会重建活动的关心和支持。

  本次展会共颁发奖项三十五名，其中一等奖五名，二等奖十名，三等奖二十名，奖品均为现金。

  本次展会有多家重量级媒体进行了报道。11月23日，中国中央电视台书画频道在当晚9点美术新闻中对画展进行了报道。此外，还有新浪视频、凤凰视频、网易视频、搜狐视频、优酷视频、中华网、光明网等媒体也做了相关报道。

展会主办单位：中国女子书画会（筹）、江苏省花鸟画研究会、
     无锡市美术家协会
展会时间：2017年11月18日—24日
展会场馆：无锡市图书馆底楼（大小两个展厅）
地 址：无锡市钟书路1号

参展艺术家：有来自美国、日本、澳大利亚及中国台湾、中国香港和内地九个省市共一百二十余名华裔女性书画家入选本次美展，展出作品近一百五十幅，包括书法、中国画、油画、版画、水彩画等书画品种。

部分参展女画家

部分重建核心成员参加了展会

后援团主要成员观摩展会

秘书长助理孙贝贝接受记
者采访

画展现场

观众欣赏画作

戊戌金秋·含英吐兰

中国女子书画会（筹）当代著名女书画家作品邀请展

参展画家同观展领导嘉宾合影

　　书画艺术家陈佩秋先生领衔出展，著名美术理论家徐虹担任学术主持，"中国女子书画会"研究委员会五十余名艺术顾问和成员参展（详见本章一"中国女子书画会"研究委员会一核心成员、艺术顾问、常务理事名单）。

　　开幕式在 9 月 26 日下午 3 点举行，有来自北京、上海等其他省市在内的领导、嘉宾两百余人出席了开幕式。开幕式上宣读了中国美协分党组书记、副主席徐里和中国美协副主席何家英向书画展发来的贺电与贺信，徐里先生在贺电中说："中国书画界，有你们更精彩！"

　　CCTV 书画频道、新华社、人民网、凤凰视频、腾讯视频等十六家全国和上海、北京地方媒体报道了本次展会。

时　　间：2018 年 9 月 26 日—28 日
地　　点：上海陆家嘴环球金融中心 29 楼云间美术馆
主办单位：中华文化促进会国际交流基金管理委员会、
　　　　　中国通俗文艺研究会"中国女子书画会"研究委
　　　　　员会
承办单位：上海云间美术馆、上海蜚美文化艺术有限公司
学术支持：中国国家画院、中国女画家协会

协办单位：中国国际书画艺术研究会、中国收藏家协会、
　　　　　中国画创作研究院、上海文化艺术品鉴促进会、
　　　　　上海中国书法院、云间书院
支持单位：上海市美术家协会、上海市书法家协会、上海书
　　　　　画院、甘肃富源集团西北美术馆、北京宝隆投资
　　　　　有限公司

"中国女子书画会"研究委员会在展会当日举行了第一届理事会

参展女艺术家与陈佩秋主席合影

开幕式现场

画展现场（左、中、右）

庆祝中华人民共和国成立七十周年
2019 中国当代女子美术新秀提名展开幕酒会

画展在中国女子书画会（筹）上海活动中心举行

　　本届提名展旨在检阅改革开放以后出生的新生代女画家跟随时代进步的足迹，发现和提携其中的佼佼者，推动年轻艺术家参与建设社会主义文化强国，实现伟大的"复兴中国梦"而贡献自己的力量，为中华人民共和国华诞七十周年献礼。展会推荐或遴选了来自全国二十个省市，技术一流，德艺双馨，发展前途远大，作品升值空间巨大的五十余名中青年学院派美术新媛参展并角逐"2019 中国当代女子美术新秀"荣誉称号。中国美协闫平副主席和中国通俗文艺研究会楚水会长等专家领导分别发来了贺信、贺电，原上海市美协副主席、上海师范大学美术学院院长、著名画家俞晓夫，原上海市文广局副局长王小明等文化界、企业界、收藏界近百名艺术爱好者也应邀出席了开幕酒会。

主办单位：中国女子书画会（筹）、中国通俗文艺研究会"中国女子书画会"研究委员会
支持单位：上海市对外文化交流协会、上海书画院
承办单位：上海蚩美文化艺术有限公司、上海世景文化发展有限公司

开幕酒会：2019 年 7 月 28 日
展　　期：7 月—11 月
颁奖仪式：2019 年 11 月
地　　点：上海市徐汇区龙华路 2577 号创意大院 F 栋四楼

与会领导、专家、嘉宾合影

上海美协原副主席、著名画家俞晓夫致辞

中国女子书画会（筹）常务副会长兼秘书
长卢增贤致欢迎辞

由著名书画艺术家、"中国女子书画会"研究委员会主席陈佩秋先生领衔组成中国当代女子美术新秀提名展提名委员会专家团，分别有以下著名书画家：

闫　平：中国美协副主席、著名油画家
苏百钧：中央美术学院教授、著名工笔画家
李晓林：中央美术学院教授、著名水彩画家
班　苓：中国美协原理事、版画艺委会副主任、著名版画家
丁一鸣：中国美协会员、上海书画院执行院长
楚　水：中国通俗文艺研究会会长，著名文学家、书画家
王晓卉：中国美协会员、"中国女子书画会"研究委员会
　　　　常务副主席

庆祝中华人民共和国成立七十周年

2019 中国当代女子美术新秀提名展闭幕式暨颁奖典礼

部分获奖画家与嘉宾合影

    11 月 16 日，2019 中国当代女子美术新秀提名展闭幕式暨颁奖典礼在作为上海地标的中华艺术宫对面的博源美术馆隆重举行。本场活动全程，使人联想到诞生在八十五年前上海的中国女子书画会，以其汇聚了众多高雅清秀、多才多艺的艺术名媛而声震近代中国美坛。如今，她们的衣钵似乎已被传承，当代的美术新媛正在成长，缓步踏上中国书画界的舞台，并注定将续写女性书画艺术的历史。

    本次展会组委会设置了"最高皇冠奖""飞天卓越奖"等颇具女性色彩的奖项及精美奖杯和获奖证书，这是对她们所取得的成就给予的肯定和激励。中国通俗文艺研究会楚水会长在闭幕式上致欢迎辞，中国女子书画会（筹）常务副会长兼秘书长卢增贤女士宣读了书画艺术家陈佩秋先生的贺词。"中国女子书画会"研究委员会常务副主席王晓卉女士主持了随后召开的艺术研讨会。

    本次展会成为中国女子书画会（筹）重建以来所举办的数次活动中，评委专家层次最高、活动规模最大、影响范围最广的高水准艺术活动，得到了业内人士和社会公众广泛的好评。颁奖典礼同时举行了"中国女子书画会（筹）艺术顾问"聘任仪式，著名艺术家闫平、苏百钧、李晓林、周志高、俞晓夫、陈琪、丁一鸣受聘担任"中国女子书画会（筹）艺术顾问"。

中国美协闫平副主席颁发"最高皇冠奖"

闫平、苏百钧、李晓林、俞晓夫、周志高等六位著名
艺术家受聘任艺术顾问

艺术顾问、中央美院苏百钧教授在观展

艺术顾问、中央美院李晓林教授和获奖女画家

闭幕式后举行艺术研讨会，王晓卉常务副主席主持了研讨会

以画笔为战斗武器　助力抗击新冠疫情

2020 年 2 月 4 日，在中国人民抗击新冠疫情关键时刻，中国女子书画会（筹）领先国内美术社团，发动本会会员创作编撰《新冠肺炎疫情防控宣传画选用集》电子画册，供全国各地疫情防控单位、媒体、医院、学校等需求单位免费宣传使用，助力疫情防控战役。这一创新性活动得到了众多有关部门领导的赞赏。2 月 15 日，电子画册编撰完成并上线发布

《五瘟使者众》　程澄

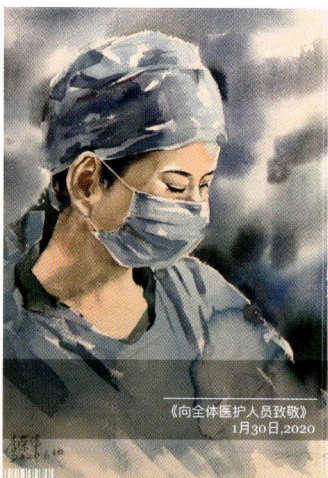

《向全体医护人员致敬》　李荣华

《赢得严寒报春信》　陶迎新

《武汉加油》 邓帼城

《保护中国》 李晶

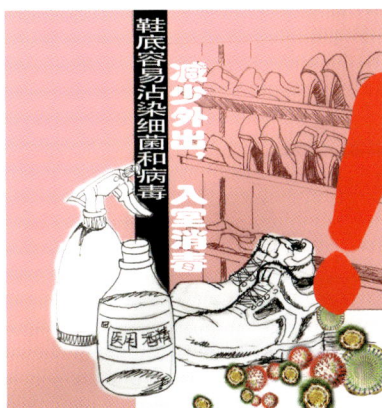

《入室消毒》 于茵

《祸从口入、改变陋习》 卢增贤

光荣榜

资助编撰疫情防控宣传画电子画册活动会员名单

序号	捐赠日期	姓名	金额	序号	捐赠日期	姓名	金额
1	2020-1-30	彭月芳	2,000	20	2020-2-5	谢菜变	300
2	2020-2-1	纽澄	2,000	21	2020-2-5	张颖	500
3	2020-2-2	吴晓斌	200	22	2020-2-6	李春花	500
4	2020-2-2	陶迎新	999	23	2020-2-7	周凤云	200
5	2020-2-3	方霞珍	300	24	2020-2-8	代亚柯	500
6	2020-2-3	姚月清	300	25	2020-2-9	郑亚平	200
7	2020-2-3	姚惠平	300	26	2020-2-10	邓窝予	300
8	2020-2-3	刘琴平	500	27	2020-2-11	梁爱花	1000
9	2020-2-3	侯爱平	1,000	28	2020-2-11	叶君萍	600
10	2020-2-3	孙贝兴	600	29	2020-2-11	刘亚萍	500
11	2020-2-3	华文梅	800	30	2020-2-11	潘闲娜	300
12	2020-2-3	曾萍	400	31	2020-2-11	林岩	300
13	2020-2-3	宋艳	500	32	2020-2-11	林欣颖	200
14	2020-2-4	江惠莲	500	33	2020-2-11	杨小宁	500
15	2020-2-4	杨	200	34	2020-2-11	朱美霞	300
16	2020-2-4	王焉瑞	1,000	35	2020-2-11	何映	300
17	2020-2-5	邓帼华	500	36	2020-2-11	王维红	200
18	2020-2-5	王秀华	200				
19	2020-2-5	汪沂	200				

为资助电子画册的编辑制作，以实际行动投身疫情，中国女子书画会（筹）
国际委员会成员纷纷主动慷慨解囊向秘书处捐款，体现了中国女子书画会忧国爱民、乐善普举的优良传统。
秘书处特将此善举铭记在册以示后人

"含英吐兰"

当代中国女画家特别展

　　这是中国女子书画会重建活动在 2020 年暂停后的第一次公开亮相，也是为 2024 年纪念中国女子书画会成立九十周年举办的全国联展"薪火相传·中国女子书画会前世今生风采展"吹响了前奏曲。

　　本次画展展出六十余幅精品佳作，集中展现了十四位女性艺术家不同时期的作品，题材跨越人物、花鸟、岩彩、工笔，兼容传统与当代，可谓各美其美，美美与共！

　　"中国女子书画会"研究委员会常务副主席王晓卉在开幕式上致辞，向支持本次画展的深圳市和光明区有关部门领导、策展人陈澎先生和承办单位王炳超先生表达谢意。

部分参展女画家：卢增贤（左二）、韦红燕（左三）、王晓卉（左四）、陈秀（左五）

参展画家当场挥笔作画：（左起）范一冰、陈秀、王晓卉、卢增贤、韦红燕（右一）

嘉宾与参展女画家合影：何诗琪（左二）、卢增贤（左三）、钟雪珍（左四）

展览时间：2023 年 9 月 22 日—28 日；
　　　　　开幕式 9 月 23 日 14:00
展览地点：深圳市光明美爵酒店 22F 瀚文艺术中心
主办单位："中国女子书画会"研究委员会、深圳市妇女联合会、深圳市传统艺术文化促进会
支持单位：深圳市光明区委宣传部、深圳市光明区文化广电旅游体育局
协办单位：中鸿信国际文化（北京）有限公司、中国东方文化研究会对外经济文化委员会、中国国际文化传播中心（深圳联络部）、山东观美艺术博物馆

承办单位：瀚文艺术（深圳）有限公司
媒体支持：中国网、光明网、新华网、腾讯视频、网易视频、今日头条、艺术中国、中国青年网、国际在线、雅昌、《美术报》、人民美术网、中国美术家网、百度艺术百科、99 艺术网
策展人：陈澎
出品人：王炳超
参展画家名单：张金玲、班苓、王绿霞、陈秀、唐秀玲、王小晖、王晓卉、韦红燕、喻慧、曹香滨、卢增贤、潘缨、范一冰、刘丽萍（排名不分先后）

/ **2024 全国联展** ● **江苏无锡站** /

纪念中国女子书画会成立九十周年
前世今生风采展

　　江南三月风光好，花红柳绿人欢笑。由无锡市美术家协会主办，中国女子书画会江苏省分会、无锡扬名画院承办，无锡市妇联等八家单位联合协办的"纪念中国女子书画会成立九十周年——前世今生风采展"于2024年3月8日在无锡扬名画院展览馆隆重开幕！江苏省文联原党组书记、无锡市文化遗产保护基金会理事长王慧芬，无锡市妇联副主席朱秀娟，中国女子书画会常务副会长兼秘书长卢增贤、副秘书长孙贝贝，无锡市美协主席周胜荣，中国女子书画会董事会成员李国良等有关部门的近二十位有关领导及来自无锡市各艺术协会团体的百名艺术家出席了开幕式。

　　本次展览汇集了当今活跃在江苏地区的二十一位女性书画家四十一件精品力作，从这些作品中人们可以近距离地解读这群女性艺术家独特全新的创作思维，所展作品从不同视角呈现出了她们热爱生活、崇尚自然、积极向上的人生态度，凸显出一份精致、一份高雅。

　　作品所传达的笔墨语言、画面结构等都充分体现出了这批女性艺术家的传统绘画功力，可喜可贺。

　　这是重建中的中国女子书画会为纪念九十周年诞辰而策划的境内外多城联展所打响的第一炮，是一次颇具纪念性和历史性的展览。纪念，是为了有序地传承，我们坚信九十周年的历程过往将成为中国女子书画会生生不息有序发展的新的历史起点……

参展女艺术家与嘉宾合影留念

中国女子书画会常务副会长兼秘书长卢增贤（中）和副秘书长孙贝贝（右）受副会长兼江苏分会会长彭月芳（左）邀请，参加了开幕式

开幕式现场

展馆现场

/ 2024 全国联展 ● 澳大利亚墨尔本站 /

香墨丹青融作画，艺海碧涛著生命

张莉 Jasmine
中国女子书画会
澳大利亚分会会长
中国美术家协会会员
中国工笔画学会会员
北京工笔重彩画会会员

中国女子書畫會
—澳大利亞站
承辦方代表韓先生
友情出席

2023.3 中国女子书画会
—澳大利亚分会展览.首站
举办 友情协办单位
代表韩先生致词

严妍 Stephy
中国女子书画会
澳大利亚分会
会长助理

　　本次中国女子书画会澳大利亚 / 墨尔本站展览，于 2024 年 3 月 27 日至 29 日在墨尔本 3Young St.Box Hill 展厅举办。主办单位为中国女子书画会澳大利亚分会；协办方为《中华收藏》杂志社，前海画派•深圳长凯文化公司；承办方为 H&YDeco.Dongfeng International.

　　这是中国女子书画会首次在澳洲举办的活动。展览汇集了中国女子书画会十二位女性书画家，八位有影响力及前辈书画家（特邀）的四十件精品力作。从这些作品中，可以近距离地解读女性艺术家们独特的创作思维和对大自然的真情表达。

　　这次纪念性和历史性于一体的展览，意义非凡，传承与弘扬中国女子书画会九十年的岁月历程，使其成为中国女子书画会生生不息、有序发展的新的历史起点。中国女子书画会澳洲分会将前辈艺术家所创造的辉煌成就传播至华裔较多的澳大利亚，为弘扬中国优秀传统文化，促进东西方文化交流做出了积极的贡献。

本次参展艺术家名单（排名不分先后）：
许世山 *、卢增贤、彭月芳、叶君萍、何白沙 *、宋秋馨、杨娟、陈飞、徐东璞 *、孙贝贝、郝耀平 *、吴斌、于长凯 *、谢晨雯、张新华、安燕华 *、丁虹艺 *、严妍、张岩梅、张莉
注：* 为特邀书画家

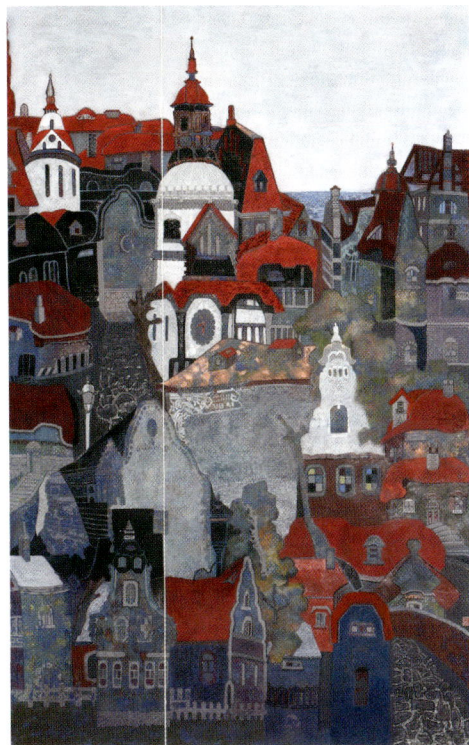

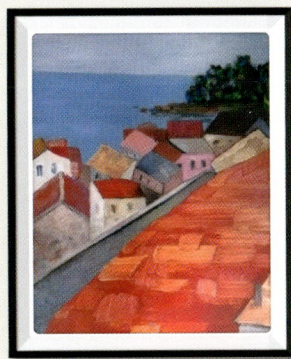

参展现场及作品

"赓续历史文脉，谱写当代华章"
中国女子书画会重建活动渐入佳境上海展

国际会长庞沐兰女士

国际会常务副会长卢增贤致辞

为纪念中国女子书画会成立九十周年而开展的 2024 年"薪火相传·中国女子书画会前世今生风采展——九城联展"，继中国江苏无锡展、台湾台中展，海外澳大利亚墨尔本展成功举办后，4 月 20 日在中国女子书画会诞生地上海隆重登场。

中国女子书画会的重建活动至今已历经九年，从 2017 年 5 月 5 日在上海图书馆第一次正式启动亮相至今，在上海已办了五次展览活动，每次在不同地点举办，都办出了不同的特色。2024 年的展览活动意义尤其不同于往年，2024 年是中国女子书画会成立九十周年纪念，习总书记 2023 年 5 月在文化传承发展座谈会上"以守正创新的正气和锐气，赓续历史文脉、谱写当代华章"的讲话精神，引领着重建路上的女子书画会，她们决定在国内外九个城市同期举办"中国女子书画会前世今生风采展"大型联展，传承和弘扬中国美术史上老一辈艺术家的优秀艺术精神，将上海的珍贵文化遗产发扬光大。在这独具特色的文化艺术平台上，当代华裔女性书画艺术家共同为弘扬中华优秀传统文化、建设文化强国做出贡献！

以何香凝、陈佩秋等女性艺术家为代表的两代中国女子书画会成员，不但艺术造诣高超，创造了中国女子书画界的丰碑，还为妇女解放运动、抗战支前、公益慈善等爱国爱民事业做出了不懈的贡献，堪称中国女性书画界的翘楚。

2015 年 11 月，为传承中华优秀传统文化，上海一批中青年女性书画家倡议发起重建中国女子书画会，并请当时唯一存世的民国时期老会员、著名书画艺术家陈佩秋先生领衔，引领中国女子书画会重新走出了历史，展开了中国当代女性书画界传承优秀传统文化遗产的鲜有创举之图卷。九年来，传承重建之路辛酸苦辣，百味尽尝，她们矢志不渝，不畏艰难，砥砺前行，取得了足以告慰前辈艺术家的阶段性成果。今天，重建路上的中国女子书画会云集了世界各地近三百名女性书画艺术家，其中不乏声名卓著的老艺术家、技艺精湛的中生代资深艺术家，更有众多功底扎实、深具潜力的艺术新秀，她们分布在全国五十余个城市，中国港澳台地区及海外美国、法国、德国、日本、澳大利亚、新西兰、马来西亚等国家，已成为当代精英女性书画艺术家国际性艺术机构。

经三个多月的精心准备，上海展在谢稚柳陈佩秋艺术中心成功举办，展出了中国女子书画会成立九十周年以来的历史发展和重建进程，以及由三十余名参与重建活动的上海籍为主的当代女书画家创作的中国画、书法、油画、版画、水彩画等四十余幅佳作。

参展女艺术家与到会嘉宾合影留念

左起：侯影、吴斌、谢晨雯、卢增贤、
庞沐兰、孙贝贝、黄斐云

开幕式现场

观展嘉宾

参展书画艺术家名单：
庞沐兰、卢增贤、宋秋馨、姚意平、于茵、沈小倩、曹琳、孙
贝贝、张莉、张艳焱、谢晨雯、吴斌、周鑫慧、张华、李文君、
林岩、卢英、方霞珍、姚月清、杨元蓓、潘国娣、王秀华、郑
方雯、李静、吕亚蕾、戴俭、沈玄龄、谢羽、侯影、俞嘉仪、
滕华夏、黄斐云

/ **2024 全国联展** ● **中原平顶山站** /

香墨丹青融作画，艺海碧涛著生命

2024 年 4 月 26 日，为纪念中国女子书画会成立九十周年而开展的"薪火相传·中国女子书画会前世今生风采展——九城联展"，继无锡、台湾台中、墨尔本、上海四城成功举办后，在中国女子书画会筹备委员会的精心指导下，通过中原分会同人的悉心策划和积极筹备，在华夏文明发源地之一中原区的平顶山举办，得到了当地市委宣传部、市妇联、市文联等相关部门的大力支持。充分体现了平顶山历史文化即尧山风景区、尧山大佛、香山寺、风穴寺、墨子故里、张良故里、三苏坟，以及具有唐宋遗韵的瓷器王国之称的丰厚的文化底蕴。这不仅是中原文化历史上的一件重要事件，也是中原艺术爱好者有幸享受到的一场精神文化盛宴，是平顶山文化历史上的骄傲和自豪。

画展以一种独有的"书画展览"加"学术研讨"的形式，精选当代书画家杨娟、卢增贤、武晓梅、孙卓贞、陈飞、王永芬、元馨、于茵、张咏梅、周鑫、任仙萍、童艳杰、杜鹃、李晗、张圆悦、崔锦锦、杨俊等，以及特邀青年书画家张奥、翟晓辉、薛岩、刘建平、崔文薪、薛瑞等三十九人的六十余幅作品在此隆重展出。出席开幕式的有来自各地各界的嘉宾、朋友及书画爱好者，他们都给予展览活动的大力支持。

参展艺术家对此次画展的目的和意义做了深度研讨，述说了《中国女子书画会》的前世、今生。这次书画展的圆满成功，将会为艺术家们用画笔讲好中国故事做好助力工作。

本次画展策展人杨俊女士总结说："我们的共同愿望就是为弘扬祖国传统文化，繁荣当代文艺创作，为全国各地优秀的近现代女性书画家和中原区特别是平顶山地区的热爱艺术的朋友共展风采搭建平台，期待心志相契的朋友携手同行，创作出更加具有时代精神、艺术感染力和创造力的书画作品。用心、用情共同描绘中国女子书画会美好的未来！"

中原区联络处主任杨俊致辞

展会现场

研讨会现场

参展艺术家合影

参展艺术家合影

参展艺术家合影

中国女子书画会（筹）副会长杨娟现场挥毫

/ **2024 全国联展** ● **广东深圳站** /

香墨丹青融作画，艺海碧涛著生命

左起：吴月娥、代亚珂、钟雪珍、王禺璋、邓帼城、于长江、邹莉、何雨佳、江恩莲、
王君蔷、倪凡晴、林巧静、何诗琪

  2024 年 5 月 18 日在深圳上森·同创艺术文创空间，举办了为纪念中国女子书画会成立 90 周年而展开的
2024 年"薪火相传·中国女子书画会前世今生风采展"的开幕式，这是继江苏无锡站、台湾台中站、澳大利亚墨尔
本站、上海站、中原平顶山站后第六个举办的联展。

  这次画展有鲜明的特色，展出了十四位广东会员的四十多幅扇画精品。参展画家中既有驰名南国的资深女画家
邹莉、江恩莲，也有实力派中生代画家王禺璋、邓帼城、何雨佳、吴月娥，更有基本功扎实的学院派青年女画家何
诗琪、钟雪珍、林巧静、倪凡晴等。在这场艺术展中，中国女子书画会成员的作品展现了她们在艺术创作上的不懈
精神。她们通过不断学习和实践，将传统工笔画的细腻表现得丰富而有创意，创作出了一件件令人赞叹的作品，体
现了岭南文化人才济济和博大精深，为提高当代女书画家的艺术情操、繁荣民族文化艺术事业做出了贡献。在这里，
每一件作品都是一段故事，每一幅画面都是一次心灵的触动。观众们在欣赏这些作品时，不仅能够感受到画家们精
湛的技艺，还能感受作品背后的深邃情感和独特思想。每一笔一画都蕴含着画家们的心血和情感，每一幅作品都是
她们对世界的独特诠释。这些作品不仅是视觉上的享受，更是精神上的触动，引发观众对美好生活的向往和中华优
秀传统文化的思考。

  会员们在发言中纷纷表示，要继续传承和发扬前辈的优秀传统，不断提高个人的修养和专业水平，多办展览，
多为社会做善事，扩大中国女子书画会在社会上的影响力，为弘扬中华优秀传统文化做出应有的贡献。

深圳市美协副主席于长江致辞

著名画家邹莉发言

著名画家江恩莲

主持人林巧静

左起：郑文思、代亚珂、钟雪珍、于长江、王君蔷、林巧静、倪凡晴、何诗琪

左起：吴月娥、邓帼城、王禺璋、邹莉、江恩莲、何雨佳

香墨丹青融作画，艺海碧涛著生命

浙江分会会长叶君萍

继江苏无锡展、台湾台中展、澳大利亚墨尔本展、上海展、中原地区平顶山展、广东深圳展成功举办后，2024 年 5 月 25 日在浙江新昌平顶寺沃洲书画馆隆重开幕。新昌站创下了本次多城联展中的"最大规模、最为隆重、最具价值"纪录，为联展做出了完美的收官。

开幕式当天，佛光普照，祥云增辉，现场布置隆重喜庆，天上无人机拍摄，地面旌旗招摄，参会来宾多达四百余人。新昌是佛教中国化的发祥地，也是李白梦游、白居易赞为眉目的地方，是山水诗、山水画的肇始地。平顶寺已有一千五百余年的历史，兴盛时期有九十余间殿堂，规模宏大，后遭毁坏，现今重建十九年，正处欣欣向荣。新昌展是中国女子书画会重建以来首次与同为传统文化的佛教界合作办展，有幸同其携手共同振兴中华传统文化。

开幕式现场

参展画家暨嘉宾合影

左起：彭月芳、张国梁、叶君萍、夏国芳、卢增贤、
陈淑慧

展馆现场

　　新昌展还有一大价值与其他联展不同的是，两岸艺术家联袂共同传承祖国优秀文化，让两岸同胞牢记我们同为炎黄子孙，为建设文化强国，复兴中华伟业助力！

　　本次活动得新昌大佛寺传实大和尚的鼎力扶持，总策划统筹叶钟先生全力推进，费心费力，筹备委员会成员齐心协力，团结一致，平顶寺皆松法师对文化的热爱，为两岸同胞创建互动平台，功德无量，使得两岸巾帼书画艺术家联袂展完美收官！

　　参加本次画展共有三十八位书画家，其中中国女子书画会会员二十位，友情参展十八位，共展出作品七十一幅。并非常荣幸邀请到了中国女子书画会常务副会长卢增贤老师、副会长兼江苏分会会长彭月芳老师莅临到会祝贺。

参展书画艺术家名单（中国女子书画会会员）
排名不分先后：
卢增贤、彭月芳、陈丽雀、邱素美、郭香玲、杨秀樱、吴春惠、王和美、林英妆、杨小宁、江庀菊、林欣颖、张斯砚、许晶晶、夏国芳、陈淑慧、吴碧云、陈澄、李荣华、叶君萍

友情参展艺术家：
张绮芸、陈金兰、陈春英、张碧英、杨伯娟、王灵美、章新萍、石丽芳、商可驹、萧又菁、褚颖、俞晖、濮晓燕、朱莹菲、王瑜、任金燕、相春莹、徐晓荟

/ **2024 全国联展** ● **宁夏银川站** /

粽子飘清香，笔墨传真情

林宝森、辛爱菊、张汉文、苏春莲、张少山、张启兰、义正、王清霞、安纯人、徐杉、马建军、李晓燕、陈峰、王敬祥、梁兴、金红玲、杨宽堂、王旭孝

参展画家（左起）：赵玉红、王清霞、邹慧萍、王晓静

2024 年 6 月 8 日上午，中国女子书画会前世今生风采展——宁夏银川展暨中国女子书画会宁夏分会成立仪式，在宁夏银川正觉禅寺书画院成功举办。本次画展由中国女子书画会宁夏分会和正觉禅寺书画院主办，紫云女子书画院、银川市天盛书画院、宁夏女画家协会协办。

1934 年 4 月 29 日，中国女子书画会在上海正式成立，当时汇聚了何香凝、陆小曼、潘玉良、吴青霞等众多出身名门望族或家学深厚、具有新女性思维且才华横溢、社会知名度颇高的女性书画家。它作为中国第一个女子美术社团，以其规模之大、艺术水准之高、

左起：辛爱菊、高德禅、苏春莲、张启兰、张少山、
马建军、义正、王清霞、林保森、金红玲

宁夏政协原副主席、民盟区委会主委安纯人为展会题字

宁夏美协原主席、著名画家张少山题字

宁夏书画院原院长马建军题字

存续时间之久，在美术史上留下了璀璨的印记。

今年是中国女子书画会成立九十周年纪念。在此之际，中国女子书画会在宁夏银川正式成立分会，并举办分会首届书画展，以"薪火相传"之势，向大家呈现这一中国美术史上首个女性书画家团体的辉煌过往和当下传承，让人们领略到宁夏女性书画家的独特风采和艺术魅力。中国女子书画会宁夏分会秘书长张启兰主持了开幕式，自治区政协原副主席、宁夏民盟区委会主委安纯人先生，宁夏美协原主席、国家一级美术师、著名画家张少山老师，宁夏书画院原院长、中美协会员、中书协会员、国家一级美术师马建军老师等发表了热情洋溢的致辞，主办方之一的正觉禅寺书画院义正法师和中国女子书画会宁夏分会王青霞会长致欢迎辞，王会长向各位嘉宾介绍中国女子书画会的发展与传承，并宣布宁夏分会正式成立。中国女子书画会宁夏分会林保森副会长，向各位来宾宣读了宁夏分会组织架构成员名单。

中国女子书画会宁夏分会的成立，如同一束束光，让人们在欣赏中领略到女性书画家的独特风采和艺术魅力。让我们共同走进丝路画韵，感受女性书画家们用画笔描绘出的美好世界，让中国女子书画会重建活动渐入佳境，赓续历史文脉，谱写当代华章。

▶ 陈佩秋与中国女子书画会

陈佩秋先生擅长花鸟和山水画创作,题材广泛,技法全面。工书法,精行草,是当代中国画坛上能够在延续经典传统的同时拓展新局面的一位画家。创作之余,致力于中国书画的鉴定研究。1956 年工笔画作品《天目山杜鹃》获上海青年美展一等奖及全国青年美展二等奖。1984 年作品《红满枝头》获第六届全国美展铜奖。2002 年获第五届上海文学艺术杰出贡献奖、上海文学艺术奖(提名奖),担任"当代中国画优秀作品展"上海展区评委。2004 年被授予"中华人民共和国文化部先进个人奖"。曾多次在国内外各地举办画展或讲座,著有《谢稚柳陈佩秋画集》《陈佩秋画集》《陈佩秋书画集》《谢稚柳陈佩秋的艺术》《荣宝斋画谱——陈佩秋》《陈佩秋艺术》《近现代中国画名家·陈佩秋》等。

根据迄今掌握的史料及访谈,陈佩秋女士曾在 20 世纪 40 年代随其夫婿姐姐谢月眉女士参加过中国女子书画会活动,并与陈小翠、吴青霞等中国女子书画会核心成员交好,是本会 2015 年重建时唯一存世的老会员。2020 年 6 月 26 日因病在上海逝世。

老会员重逢，切磋画艺（1960 年）左起：侯碧漪、吴青霞、陈佩秋、庞左玉、周錬霞、陈小翠

筹委会集体看望陈佩秋先生（2018 年 9 月）

/ 附：陈佩秋先生祭 /

佩结兰英凝念久

筹委会代表前往灵堂拜祈并献花篮

　　今天凌晨三点，九十八岁的老画家陈佩秋先生走了。上午九点二十分，上海中国书法院的群里首先获悉，二十分钟后，西安的朋友也发微信与我，一个文化界足可以称之为先生的女画家走了，让人陡然一怔。

　　晴天霹雳——从谢定伟的讣告中来看，老人家走得确实有点突然；从道南文化"书画泰斗陈佩秋今晨辞世"的视频来看：今年九十八岁的陈佩秋先生神清气爽，谈吐稳健，底气十足，不应该这样突然仙逝。可能像七十三、八十四一样，

一百岁是老人的一坎。一般来说，过了九十八岁，就该过一百岁生日了。季羡林老先生也是这样，就在百岁生日的前几天，也是在梦里一下子睡过去了，没有一点儿征兆。就在老人家仙逝的前一天晚上，还为我们策划出版的《中华国学传世藏书》题写书名。听说陈佩秋先生也是这样，这几天一直都在坚持创作。

　　记得前年秋天，中国女子书画会（筹）上海书画展时，我有幸陪同参展的部分女画家去看望陈佩秋先生，老人家见到这些传承中国女

悼念陈佩秋先生现场（左、中、右）

子书画会文脉与精神的女画家，十分高兴，谈兴甚浓，根本看不出已是九十六岁的老人，那神态就像我三十多年前，看到冰心先生一样，大师风范，总有一种说不出来的精神气度，让你发自内心地折服。

今天陈佩秋先生走了，中华人民共和国成立前，中国女子书画会的最后一位直接参与者走了……多年来一直觉得中国女子书画会是一种非常值得研究的文化现象，特别是在面对外强侵略、积贫积弱的社会背景下，何香凝这样的女画家用画笔当武器，大写了不屈不挠的中国精神。特别是何香凝先生画的狮子，分明是东方醒狮在呐喊，在怒吼：谁说我是东亚病夫……当然，陈佩秋先生也秉承了这种精神，陈先生的画总有一种向上的内在，让人为之一振。

"佩结兰英凝念久，秋河隔在数峰西。"陈佩秋先生走了，中国文化界又少了一位足可谓之先生的了不起女性，聊集两句古诗以寄哀思，我觉得继往开来，大力弘扬中国女子书画会之精神，才是对佩秋先生最好的悼念！逝者虽逝，英容犹在，精神长存！

楚水

2020 年 6 月 26 日

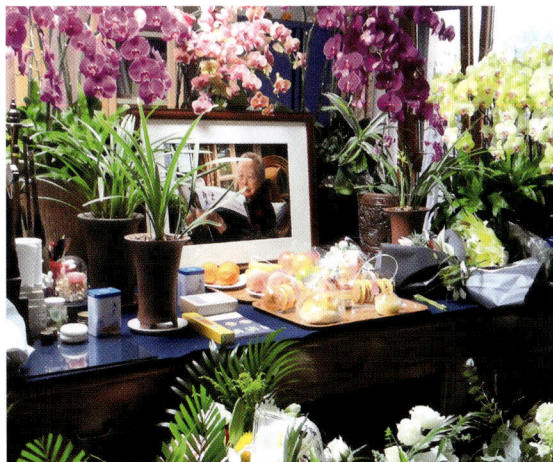

祭奠陈佩秋先生一角

▶ 中国女子书画会重建活动在册成员名录
（合计二百九十人）

一、研究委员会会员／顾问（共四十七人）

艺术顾问：（十二） 常沙娜、单应桂、陈光健、何韵兰、庞　媛、庄寿红、温　瑛、王迎春、王　绣、陈雅丹、张改琴、励国仪

会员：（三十五） 王晓卉、唐秀玲、陈　秀、韦红燕、范一冰、王绿霞、班　苓、曹香滨、王小晖、喻　慧、潘　缨、刘丽萍、李传真、杨　娟、张金玲、王仁华、张小琴、高晓笛、陈　萍、姚思敏、张艺林、林宜耕、宫建华、陈　子、安　佳、胡秋萍、李青稞、颜晓萍、张爱玲、刘山花、康　雷、鲍　莺、毛冬华、王一帆、黄　欢

二、国际委员会会员（共二百四十三人）

（一）其中：国内成员二百二十五人，分布于二十余个省市、地区，五十余个城市

上海：（六十八） 庞沐兰、卢增贤、姚意平、沈小倩、于　茵、张艳焱、陆佳颖、孙贝贝、谢晨雯、陆颖依、刘　毅、吴晓眠、周佩娜、昌从兰、陈长辉、戴　俭、董丽春、范邦菁、方霞珍、姚月清、冯澄澄、傅文芸、何　琳、李　艳、刘颖婕、陆　毅、陆祖鹤、沈月琴、鲍广丽（鱼丽）、顾晨洁、管　宇、李戈晔、吕亚蕾、马新阳、齐　然、毕文兴、曹　琳、陈造容、赵　雯、顾萍萍、唐本苑、陈小璇、邵怡华、苏　焱、陶宁青、陶迎新、汪　沂、王　洁、王秀华、吴　斌、杨　新、张　吉、张俊娜、张　舒、郑方雯、周　圆、沈衍非、汤宁容、腾华夏、涂奕曼、汪静恺、王百荣、韦　萍、张　颖、沈玄龄、侯　影、林　岩、黄斐云

北京：（二十五） 宋秋馨、杨天臻、冯之茵、李　红、李金朵、李　静、李静文、李　娜、卢　英、张子嫣、谢　羽、谢慕佳、张　芳、顾　顾、李　晶、段文君、贺子艺、李　芳、梁子隽、沈　玮、宋　冬、王　觅、闫　品、祝　桦、周鑫汇

江苏：（二十一） 彭月芳、巫浣素、李文君、曹　琴、孙卓贞、郭倩倩、秦苏娥、张杨萍、朱美霞、李　影、王　允、唐晓艳、王维红、王晓燕、傅云芳、宋　艳、张佳慧、吕　懿、袁　毅、侯爱平、唐　静

广东：（二十二）王美容、蔡业霄、陈玉莲、邓帼城、江恩莲、周巧全、邹　莉、钟雪珍、
　　　　　　　何诗琪、代亚珂、洪晓丽、华美娜、林巧静、刘莹莹、倪凡晴、王　蒙、
　　　　　　　王夏涛、郑文思、何雨佳、赵澄襄、梁爱花、吴月娥

河南：（十）张咏梅、曹玉霞、杜婵媛、刘　冰、任仙萍、周风云、程格格、孙　瑜、
　　　　　童艳杰、杨　俊

山东：（九）李春花、蔺海燕、王晓霞、战　凤、刘文倩、孙娟娟、于　宁、王　云、
　　　　　臧玉琴

山西：（七）邓媛媛、李岩、王晶晶、李　佳、姚砚泽、温　捷、王改连

陕西：（七）李　虹、曾军梅、陈　静、黎　玲、裴晓茹、董　笑、陈　飞

河北：（六）芦春梅、马良芬、夏林苹、李　晗、刘亚萍、孙　可

四川：（六）王　珊、王　璇、马　芳、岑　华、董津金、吴陪秀

安徽：（五）李雪晴、曾　义、王　纤、薛　寅、汤晓云

浙江：（五）程　澄、史　英、吴碧云、张斯砚、李荣华

内蒙古：（五）郭剑利、李聪玲、陈美铃、姬文华、苏雅拉其其格

福建：（二）刘　琴、张　华

湖北：（二）曹　芳、吴晓云

天津：（二）柳绪蕊、吴　洁

宁夏：（二）王清霞、张启兰

湖南：（一）文　菁

新疆：（一）申艳冬

辽宁：（一）郑　迪

港澳台地区：（十八）刘　蟾、郑亚萍、潘锦玲、叶君萍、陈丽雀、邱素美、李燕睎、郭香玲、
　　　　　　　　　黄灏珊、江庭菊、林欣颖、林英妆、王和美、王品卉、吴春惠、杨小宁、
　　　　　　　　　邢炎如、杨秀樱

（二）海外成员十八人

包括德国、日本、美国、法国、马来西亚、澳大利亚、新西兰等地。

夏国芳、陈淑慧、陈　芳、王兰思、王　兰、潘　祺、长友詠琳、吴　伟、吴　颖、
王维安、黄晓雯、萧　青、李玉芬、孔　毅、张　莉、严　妍、张岩梅、缪琪红

统计时间为截止 2024 年 5 月 8 日。

▶ 中国女子书画会重建活动大事记

2015年

9月起，卢增贤等一些上海女画家萌发组建一个上海的女性民间书画家团体的想法，委托张国梁向有关方面咨询一下实现的可能性。张国梁等充分评估了中国书画界现状与历史，阅读了大量相关文献，根据顾肖峰的建议，向女画家提出了一个大胆的想法——重建"中国女子书画会"，女画家非常赞同。

国庆节后，张国梁和卢增贤开始走访上海及北京的相关政府部门。咨询得到的结果是在现行法规政策的框架下，"中国女子书画会"这个名称带有"中国"字头，须经特别程序才能登记注册。因而由民间自发申请，获批成功的可能性微乎其微，除非另辟蹊径，打好基础，再做努力。

11月23日，张国梁邀请何明龙、汪进荣、沈柯良（此后，潘宗军、李国良也加盟进来）共同投资组建的"我梦艺术教育国际集团有限公司"在香港完成注册，并在旗下以分支机构的形式登记了"中国女子书画会"名称，取得了名称权，目的是注册网站，做前期宣传，再者防止恶意抢注名称，干扰重建工作。

2016年

1月1日，重建活动官网正式上线，宣布中国女子书画会开始重建筹备进程，公开邀请海内外华裔女性书画家加盟重建活动。此后，主要倡议发起人卢增贤分别邀请部分老会员后裔和于茵、沈小倩、张艳焱、姚意平等共同发起了重建活动。

2月4日完成"上海蜚美文化艺术有限公司"登记注册，代理重建筹备组的签约、结算功能。

2 月 13 日，组成卢增贤、于茵、张艳焱、王红瑛、赵青、何琳、王洁等中青年女性画家的重建筹备组，后援团中的张国梁、汪进荣、沈柯良也参与协助。此后，基于各种原因，王红瑛、王洁两人未实际参与筹备组工作，但姚意平和沈小倩参与了进来，筹备组工作一直顺利推进。

3 月，在企业家潘宗军的大力支持下，重建筹备组入驻上海雅士大厦，有了固定的对外联络点，加盟女性艺术家迅速增加。

4 月 1 日完成中国女子书画会徽标的设计及商标注册，设计者为卢增贤和张子恺。

4 月起，民政部发布带"中国""中华""世界"等字头，在境外注册的山寨和离岸社团名单。有几位参与重建的成员担心中国女子书画会也会被列入黑名单而选择退出，部分成员虽没正式退出，但选择了观望。为正视听，避免鱼龙混杂而影响中国女子书画会重建活动的声誉，筹备组主动向中华人民共和国民政部递交了"关于中国女子书画会复名重建的情况报告"，说明在境外注册的原因和理由，并依相关部门工作人员的建议，暂停在 2016 年内举办大型公开活动，待国家出台新的相关法律，按规定再恢复重建筹备活动。此后，民政部公布了十三批黑名单，共一千二百九十二家"山寨"和"离岸"组织，中国女子书画会未被列入名单，稳定了军心，不但没有成员退出，还发展了一部分新成员，壮大了队伍。

5 月 25 日宣布了 2016 届（首届）重建筹备组领导机构——执委会正式组成。

7 月 28 日完成"中国女子书画会徽标"版权的注册登记。

12 月 20 日重建筹备组经沈小倩和庞沐兰介绍，聘请中国著名书画艺术家陈佩秋先生为重建筹备组名誉主席，并调整了重建筹备组执委会及秘书处成员。
《中国女子书画会前世·今生·愿景》画册初稿完成。

2017年

2月20日取得中国司法部认可的香港律师公证书，证明"我梦艺术教育国际集团有限公司"及其分支机构"中国女子书画会"系中国香港注册的合法公司制身份，为设立"上海办事处"奠定了法律基础。

5月5日，由上海书画院主办，在上海图书馆举办了"中国女子书画会（筹）新生代会员全球巡展——上海首发"书画展。九十余名加盟重建活动的境内外新生代成员展出作品百余幅。展前出版印刷的《中国女子书画会前世·今生·愿景》画册在展会公开发行。这是重建后的中国女子书画会（筹）首次亮相，震动上海艺术界，三天展期，有三千余人参观，二十五家媒体报道。

7月14日重新修订中国女子书画会（筹）加盟规则，提高了加盟门槛和规定了担任执委的任职条件。

11月18日，重建筹备组与江苏省花鸟画协会和无锡市美术家协会共同主办，由执委会副会长彭月芳女士和其丈夫企业家李国良出资，在无锡美术馆举办了第二场巡展——"中国（无锡）国际华裔女子美术作品展"。有来自美国、日本、澳大利亚及中国台湾、香港和内地九个省市共一百二十余名女性书画家参与本次美展，展出作品近一百五十幅，包括书法、中国画、油画、版画、水彩画等画种。本次展会首次设立了奖项，共颁发奖项三十五名，其中一等奖五名，二等奖十名，三等奖二十名，奖品均为现金。

2018年

3月26日，重建筹备组经执委会副会长杨娟的介绍，与北京以王晓卉、唐秀玲为首的数位著名女性书画家群体达成合作共识，就中国女子书画会未来注册登记、领导机构组成和秘书处驻地设立，筹委会成立后的首次重大活动等重要事项做出了决议，签订了会议纪要，正式成立了中国女子书画会筹备委员会，简称"中国女子书画会（筹）"，标志着重建活动进入了规范化发展之路。她们的集体加盟，提升了重建队伍的艺术水准，也增强了重建队伍的资源实力，为重建筹备工作开启了加速器。

8月13日，"中国通俗文艺研究会'中国女子书画会'研究委员会"获批成立，陈佩秋先生被聘为主任（主席），王晓卉女士被聘为常务副主任，包括唐秀玲、庞沐兰等在内多人被聘为副主任，卢增贤被聘为秘书长，中国女子书画会筹备组在尚未被批准注册前，搭建了在境内合法活动的平台，更有利于吸收全国各地优秀女性书画艺术家加盟，独立举办各种活动。

9月26日，由新获批成立的中国通俗文艺研究会"中国女子书画会"研究委员会主办，"中国女子书画会（筹）当代著名女书画家作品邀请展"在上海云间美术馆举行。这是中国女子书画会重建以来，首次举办的高规格的女性书画艺术家的盛会。由陈佩秋先生领衔出展，四十余名闻名国内的女书画家联袂展出作品四十余幅。此次活动的举办，标志着中国女子书画会（筹）已经在中国美坛确立了高端女性书画艺术家团体的地位。展后，由"'中国女子书画会'研究委员会"副主席唐秀玲和韦红燕主编的《戊戌金秋·含英吐兰——中国女子书画研究委员会委员专辑》画册随之在2020年12月出版。

2019年

3月1日，经后援团陈梁先生的努力，筹委会秘书处正式入驻位于上海市徐汇区龙华路2577号创意大院F栋，并取名"中国女子书画会（筹）上海活动中心"。自此，筹备组拥有了自有的展厅和专有的活动、会议、会客、办公场所（但遗憾的是，此后仅一年多，因市政动迁而被迫撤离）。

7月28日至11月16日，分别在上海活动中心和上海博源美术馆举办了"庆祝中华人民共和国成立七十周年——2019 中国当代女子美术新秀提名展"盛大活动。由陈佩秋先生领衔，中国美协副主席闫平女士担纲，多名美坛权威专家组成的提名委员会，推荐和遴选了来自全国二十个省市的六十名中青年美术新媛参展并角逐"2019 中国当代女子美术新秀"荣誉称号。提名展分 7—8 月和 10—11 月两期展出作品一百二十余幅。本次活动，聘任闫平、苏百钧等七名著名艺术家为本会艺术顾问，新发展数十位具备一流水准的年轻女性艺术家加盟重建活动，使重建组织增添了新鲜血液，更进一步确立了其在中国美坛的艺术地位。

2020 年

1 月 30 日，为响应以习近平同志为核心的党中央向全国发出抗击疫情的总动员令"把疫情防控工作作为当前最重要的工作来抓，在疫情防控的全国一盘棋中，任何力量都要尽锐出战"的要求，传承中国女子书画会参与民族救亡和公益慈善活动的优良历史传统，组织参与重建活动的成员拿起笔墨，创作疫情防控宣传画，由秘书处编辑《中国女子书画会（筹）·疫情防控宣传画选用集》电子画册，由全国各地城市疫情防控指挥部选用于当地媒体、公共场所、社区、隔离病院等需求单位免费宣传使用，提升疫情防控信心，助力疫情防控战役。这一创新性活动得到了众多有关部门领导的赞赏。2 月 15 日，电子画册编撰完成并上线发布，为国内艺术社团首创。

1 月 31 日，中国女子书画会（筹）秘书处公布 2019 年度在册成员统计结果。自此，筹委会经过清理整顿，参与重建的成员遍布境内二十余个省市（近五十个地级以上城市），中国港澳台地区及五个国家的优秀女性书画艺术家共二百五十余名。

6 月 26 日，中国女子书画会（筹）主席陈佩秋先生安然仙逝。中国女子书画会（筹）后援团总召张国梁及国际会常务副会长兼秘书长卢增贤 6 月 27 日上午前往陈佩秋先生追念堂祭拜，献了花篮，并代表中国女子书画会重建活动全体成员、后援团全体成员、战略顾问、高级艺术顾问向其家属致以慰问。作为中国女子书画会重建成员中唯一存世的民国时期老会员，陈先生以其高风亮节的高尚情操，坚定不移地支持中国女子书画会的重建，为重建工作做出了卓越的贡献，我们永远怀念她！

2023 年

5 月 23 日，在无锡鼋头渚公园吴韵雅居组建新一届"中国女子书画会（筹）后援团"，后援团包括全部中国女子书画会董事局成员、战略顾问及其他企业家、收藏家、活动家。近期工作目标是协助中国女子书画会（筹）策划在2024 年举行"纪念中国女子书画会成立九十周年"庆典活动。该活动主要包括：1. 全国联展"薪火相传·中国女子书画会前世今生风采展"；2. 编辑出版《唤醒的历史——中国女子书画会重建活动纪实》图书。

7 月 31 日，经过慎重咨询评估，正式启动纪实性图书编辑出版工作。

11 月 10 日，秘书处正式发布举行 2024 年全国联展和图书出版动员工作通知，决定在 2024 年 3 月 1 日至 5 月 30 日期间，选择有条件的城市举办联展，已初步确定上海、江苏（无锡）、中原（平顶山）、台湾（台中）、广东（深圳）、西北（银川）、浙江（新昌）、澳大利亚（墨尔本）、新西兰（惠林顿）各站负责人。

2024 年

3 月 5 日，《唤醒的历史——中国女子书画会重建活动纪实》获得出版书号，即日起，正式进入编辑出版发行流程，不久即可正式上市发行。

3 月 8 日—5 月 25 日，由中国女子书画会（筹）秘书处策划的纪念中国女子书画会成立九十周年活动"薪火相传·中国女子书画会前世今生风采展"3 月8 日在无锡 / 江苏站拉开序幕。3 月 22 日，中国台湾台中站紧随其后，也在岭东科技大学艺术中心开幕。中国台湾站的举办，体现了中国女子书画会重建活动为两岸艺术家共同传承中华优秀传统文化做出了重要的贡献。此后四月，澳大利亚墨尔本站（海外），上海站、中原地区平顶山站，五月，广东深圳站、浙江新昌站、宁夏银川站也相继揭开帷幕。本次多城联展历时两个月，共有二百余名艺术家参展，展出作品三百余幅，再次在境内外形成巨大的反响。

5月10日，筹委会决定启动在上海注册登记"上海女子书画院"申请工作。该机构系非营利性民间非企业单位，作为中国女子书画会在境内的姐妹机构，实施组织会员活动并为会员提供各项服务之职能。创始发起人共十人，院长庞沐兰，执行副院长卢增贤，其他副院长为彭月芳、叶君萍、杨娟、宋秋馨、毛冬华、曹琳，秘书长为黄斐云，副秘书长为杨俊。

至此，中国女子书画会历时九年的重建活动圆满收官，真正从历史中走了出来，开始展开更绚丽多彩的一页。

第三章

重建的故事

2015—2024

一、萌发古镇别墅

■ 做客古镇，慧心捕捉机会

太仓浏河是一座充满历史文化底蕴的古镇，位于江苏省太仓市、长江入海口南岸，有"江尾海头第一镇"之称。有着一千八百多年历史，早在元代已享有"六国码头"之誉，丰沃的水土造就了历朝历代名人荟萃，明代航海家郑和下西洋从这里扬帆启航，现代著名核物理学家吴健雄、国画大师朱屺瞻从这里走向世界。

2015 年 9 月的一个周末，时任某外资公司高管的张国梁偕夫人卢增贤前往浏河古镇。他们是受朋友苏州炎武书院院长顾肖峰的邀请，到他的乡间别墅做客。

青石板的街道，白墙黛瓦。别墅位于古镇一个雅洁、静谧的小区内，室内摆设朴素简约，悬挂有许多字画，古色古香，气息儒雅，有浓浓的书卷气，彰显了主人的品位和内涵。

此次古镇之行，系于三人有深厚的渊源与交情。2014 年 3 月 15 日，顾肖峰受邀参加卢增贤在上海吴昌硕纪念馆举办的个展，在开幕式上与卢增贤相识。

顾肖峰系明清国学大师顾炎武的后人，毕业于复旦大学，研修经济学，在政府内从事宏观经济管理，出身书香门第，富于家国情怀，为人坦率正直，分析问题有独到见解，涉猎极广，知识渊博。业余时间，喜欢写字怡情，因喜好传统文化，成立了一个书院，以字会友，促进同好之间的学习交流，以结交志同道合的良师益友为乐，同时也传承、弘扬顾炎武文化。

张国梁、卢增贤两人心心相印，均在各自的领域里互有成就，他们的人生经历也极富故事性。

张国梁出生于上海，青年时去黑龙江农村插队，返沪后进入国企。从基层做起，历经工人、提干、大学深造，又在清华大学高研班进修供应链管理，长期从事企业管理，曾参与组建和运营中国第一家专业供应链管理企业，有多年职业经理人和社团运作管理者的经验，思维活跃，擅长策划创新类项目。工作虽与艺术不沾边，但对夫人的艺术极其欣赏，也颇具创新眼光。

卢增贤出身书香门第，典型的上海知识女性，也是一位喜爱"旧时芬芳"的时代女性。从小拜名师习画，青年时期接受系统正规的美术专业训练。她踏入社会的第一份工作是在纺织印花厂搞花样设计，每天徜徉在婀娜多姿、缤纷灿烂的花丛中，与之共舞，使她对花卉的内在气质和蕴含的生命力有超乎常人的理解。后来，她在大学里系统地学习了西洋画的基础和技法，特别对印象派画作情有独钟，临摹了不少莫奈、凡·高等大师的作品。此后，因她设计的花样作品屡次在全国和上海纺织业界获奖而声名大噪，被日本野田（上海）设计事务所聘请为设计师，专职为日本产品设计花样。多年的专业功底和丰富的工作经验造就了她能博采众长，融汇中西。在她创作的花卉作品中，花与叶顾盼辉映，杆枝形态伸展自如，通过大胆使用强烈、鲜艳的重色，使画面有机和谐，生机盎然，传达出超乎形似的神韵，给人以非同凡响的艺术享受。因为长期从事艺术设计和美术教育工作，积累了丰富的艺术工作经验，退休后重新拿起画笔，潜心创作，成为专业画家。（卢增贤此后的人生轨迹及在艺术领域的成就可详见本书专页介绍）

张国梁和顾肖峰因工作关系相识，志同道合，成为朋友，又因张的夫人卢增贤是个画家，而顾工作之余喜欢写写字，研读些书画类史籍，故三人之间除了谈论工作内容，还多了些书画艺术类的话题。受别墅内书画艺术品的感染，三人不约而同地聊起了卢增贤的艺术生涯及古今书画界一些女性书画家的逸事趣闻，陆小曼、潘玉良、李秋君、何香凝、吴青霞、谢月眉、顾飞等一些遐迩闻名的女画家成了聊天的重点，也激发了卢增贤对这些艺术女性无比崇拜的心绪。听着夫人与顾肖峰的聊天，此前对书画艺术鲜有涉猎的张国梁捕捉到了一个重要信息，上述这些女画家曾在20世纪三四十年代的上海参与了一个被称为"中国女子书画会"的女性艺术家团体。中国女子书画会是当时的标杆，由一批情趣相投、各领风骚的女性书画家自发组建而成。当时的女画家皆心向往之。

■ 大胆设想，踏上追梦新征程

张国梁夫妇回家后，别墅聊天意犹未尽，继续展开讨论。卢增贤谈起她在和多位女画家聊天时，大家对时下美术社团内多少还存在的性别歧视颇为不满，女性艺术家的地位、机会和话语权相对男性艺术家总有那么点不尽如人意。由于社会风俗的因素，女性艺术价值被低估甚至湮没，也削弱了女性艺术家的创作热情。如果有条件也能像这些前辈艺术家那样有一个可以自由发挥女性艺术才华的平台，相信会得到许多女性艺术家的欢迎。

卢增贤对先生说："你曾经策划创建过社团组织，拥有丰富的工作经验，现在已退休，实现了时间和财务自由，正想做些有意义的事充实退休生活，何不帮我们上海女画家搭建一个平台，让大家切磋画艺，沟通交流，举办画展，共同提高，岂不是一件好事？"张国梁认为夫人的提议

重建的故事

很有实际意义，也符合他一贯喜欢挑战的风格。于是，夫妇俩创建一个女性美术社团的计划油然而生。

一个优秀的平台，可以拓宽视野，与外界有着丰富的联系，也能促进画家之间优势互补，碰撞出更加绚丽的火花。那么创建一个什么样的平台呢？这个问题让夫妇俩讨论了许久。在卢增贤看来，只要有一个女画家自娱自乐的小平台即可，不必大费周章，像中国女子书画会那样搞得声势浩大，太过高调，既费财力，又耗精力。但张国梁却不以为意，他长期在外企担任职业经理人和从事行业协会管理运营，这一成熟丰富的职业素养，使他养成了开拓任何一项新业务时，事先必须做好充分的评估调研、项目规划和实施路线图的职业习惯。通过浏览大量的资讯和同业内人士的访谈，使他对中国当今书画界现状有了充分的了解，觉得搭建一个普通的民间女性书画艺术社团价值不大，或许成立容易，最终会因没有任何特色而不能吸引女艺术家加盟，更谈不上会在业内形成影响力而取得女艺术家企望的机会、艺术地位和话语权。所以，他认为要么不做，要做就得做一个使女性艺术家广泛认可和向往的平台，升华平台的职能，将平台从传统的大众艺术社团上升到一个更高的领域，引导女艺术家牢固树立经典艺术的理念，取得更高的成就。

开弓没有回头箭。张国梁沉浸其中，查阅了大量中国近代美术史专著，发现有关对民国时期的一些著名女性书画艺术家的描述，都或多或少地提及在 20 世纪三四十年代的上海，一批才华横溢的女性书画家集聚在中国女子书画会这个艺术社团旗号下，薪火相传，各领风骚，留下许多值得后人怀念的往事。通过进一步地查阅资料，发现不少美术史专著对民国时期的中国女子书画会研究很深，且正面评价很高，认为它是"中国女性艺术史上组建最早、阵容最强、规模最大、持续最久的一个民间女性画会"，它的成立是"中国女画家群体意识觉醒的标志"，是中国女性美术社团发展史上的一个里程碑，在中国美术史上拥有不可磨灭的地位。尤其值得一提的是，中国女子书画会在 20 世纪 30 年代共举办过十三届展览，1934 年 6 月第一届书画展览，时年七十一岁的黄宾虹亲自前往祝贺，还撰文赞誉这个画会"为亘古未有之举"。这个发现使张国梁产生了一个大胆的想法，可不可以让中国女子书画会复活呢，以接续从前的一段佳话？站在巨人的肩膀上就更容易攀登更高的山峰，这是一个颠扑不破的真理。当张国梁把他的计划告诉卢增贤后，夫人认为他的想法太不现实了，不仅从没有先例，且成功的可能性极低。但张国梁坚持认为值得一试，只要付出了努力，哪怕最终失败了，人生也无憾，而且追求的过程也是值得享受的，他说："成功与否并不重要，重要的是享受过程。如果成功了，生命就会拥有另一种价值。"在他的积极劝说下，卢增贤也心动了，看来梦想并非遥不可及，缺的只是实际的付出。夫妇俩的理念达成一致，要努力做一个执着于梦想的勇者，调整好心态，便付诸行动。

■ 考察"大风堂"遗址

"弄不在深,有仙则名。"中国女子书画会当年集会时挥毫唱和的活跃气氛,给两人留下深刻印象。那时的会址应该还在,值得后人凭吊。

在一个阳光明媚的上午,两人开启考察之旅。先按照史籍中叙述的地址,来到中国女子书画会当年的会址,它位于上海石门二路158号。这是一条有着欧陆风格的西式新里,书画会会址位于弄堂最外一栋,门口墙上挂着一块金属纪念铭牌,上面书写着由静安区人民政府署立的"大风堂遗址",但也仅仅是一块牌子,这处蕴含重要历史文化信息的遗址,当年的风华似早已消失在历史风云变幻之中。屋内已作为普通居民住宅,并没有陈列室供人瞻仰。

"这是怎么回事?"看到眼前的一切,卢增贤一脸疑惑,望着先生,很想从张国梁那里找到答案。

"这里有一段动人的故事。"张国梁想起看过的关于上海卡德路(今石门二路旧名)李府的传奇,告诉了卢增贤其中的缘由。

这幢民宅原是李秋君的父亲宁波富商李茂昌府第。大风堂是国画大师张大千的画室名,因他与其兄张善孖钟爱汉代刘邦所作《大风歌》,又敬佩明代山水画家张大风之名而来。张大千早年来到上海谋生,就寄住在此,这里是沪上才女李秋君的哥哥家,张大千和李秋君的哥哥是好朋友,李秋君因未出嫁,一直同其哥嫂生活在一起。她家学渊源,雅善丹青,画阁名"欧湘馆",张大千居于李府,所以"海上大风堂"就设在"欧湘馆"内。张大千与李秋君相识后,李秋君从向张大千学画日久生情而成为张的红颜知己。此后,李秋君参与中国女子书画会创建并从首任会长冯文凤处接过领导职务而将书画会的会址迁到自己家中,成为书画会中的核心人物。书画会中还设有诗社,会员集会时挥毫唱和,气氛相当活跃。

张国梁还讲述了书画会后来的一些情况。自1934年夏中国女子书画会举办第一届中国女子书画展览会后,全国各地的女子书画家,纷纷申请入会,会员增至一百五十人,成为全国性的女子书画团体。抗日战争期间,因上海沦陷,除了展览会,其余集会活动全部停顿,1945年10月才恢复活动。先后主持会务者有冯文凤、陈小翠、李秋君、顾青瑶等。中华人民共和国成立后,陆小曼、吴青霞等多位会员加入了上海市文史研究馆工作。

史料中是这么记载,但想来张大千的名气大大超过中国女子书画会,政府才将此处冠为张大千的画室遗址。

两人只好拍了几张相片,聊补此次"凭吊佳人无觅处"之憾。

重建的故事

■ 决心恢复昔日荣光，唤醒历史

两人回家后，脑海中还浮现着那栋富于沧桑感的百年建筑，希望能够重新唤醒那段有生命力的历史。

卢增贤忍不住与张国梁热烈地讨论了起来。他们既因中国女子书画会拥有的辉煌成就由衷赞叹，又为书画会过早地停止活动，连遗址都已湮没而感到惋惜。那些可被后人称之为"经典"的文化元素，一旦消失便是永久的遗憾。

说起来，卢增贤也算是美术科班出身的女画家，在此之前，却仅了解吴青霞、李秋君、潘玉良、何香凝等一些女画家个人的艺术背景，从未听说过她们同中国女子书画会有何联系，更未听说过中国女子书画会这个艺术社团的名字。看来，由于活动中断了六十六年，该团体本身已湮没在历史的尘埃中，早已被社会公众所遗忘，仅仅停留在美术史学者的研究作品里，讲述当年的情景与人事。原老会员多已作古，赖以证实该社团存在和活动的文献资料、会员生平事迹、作品等珍贵的历史资料也大都散落在民间，且随着时间无情的流逝，终将归于尘埃，留下的只是一段段令人唏嘘的往事。

"想想也真的很可惜，"卢增贤不无感慨地说，"作为我们国家历史上第一个女画家组织，创造了这么多的第一，如果坚持到现在，就是一个老字号，是一个城市曾有的底蕴和记忆。就像西泠印社那样，积淀着深厚的文化底蕴，蕴含着一个时代的传奇，该多么令人自豪！可看看我们现在，无论是全国性还是地方性的女画家组织，都是些只有几年历史的新社团，要形成较大的影响力，取得重要成就，还有很长的路要走。一个在中国美术史中拥有十五年历史和辉煌成就的女画家组织就这么终止了，让人心里有说不出的遗憾，实在太可惜了。"

卢增贤的话一下子激发了张国梁的灵感，他启发性地提示卢增贤："如果你们上海女画家像西泠印社一样，去重建中国女子书画会，不就可以恢复一个'老字号'，将历史与现在连接起来，让它重现辉煌，传承浓郁的传统文化和人文精神。也把中国女画家社团的历史前推八十年，创造一个新纪录。"

"这可不是我们民间能做的事。西泠印社虽然也是1949年中止活动，但它早在1957年就开始重建，而且由浙江省政府主导，在1963年正式复会，此后在'文革'期间又作为'封资修'事物被人为中断活动。由此可见，老字号文化类社团不像老字号企业那么容易运作。而且，中国女子书画会带有'中国'字头，估计上海市政府都无权审批，我们普通百姓不敢去想。"卢增贤说。她属于循规蹈矩的本分人，从不会去做逾越规矩的事。

"没尝试过，怎么就认为不可能呢？这应该是好事，党和政府现正将中华民族伟大复兴作为奋斗目标，包括要弘扬中华优秀传统文化。从美术史专家对中国女子书画会的全面评价来看，毫无疑问，这是中国美术界珍贵的文化遗产。我们如果尝试将这一遗产以恢复老字号的形式重新发掘并加以改良和提升，不是一件很有意义的事吗？"为了振兴"老字号"，张国梁内心激发出一股使命感，非常想尽一份绵力。他觉得作为一个有责任感、历史感的女艺术家，卢增贤有义务将之记录在案，即便慢慢地被历史的灰尘掩埋，至少可以被后人发掘。

张国梁虽然想去做，但也清醒地认识到，由于现实情况，再加上中国女子书画会又有个"中国"字头冠名，属于全国性文化艺术类社团，需要国务院下属部门特批才能合法注册，即使能争取到上海政府方面的支持，但上海无权批准，必须做北京方面的工作，其恢复老字号的难度显然不能与西泠印社相提并论，难度要大很多，挑战性也极强。

张国梁心中，始终有一束光在指引着他，莫让没有先例成为羁绊。"没有先例就不能去创造一个先例？何况做的又是一件好事，做成功了意义很大，若不成功也无所谓，又不是需要投入巨额资金，无非浪费些精力，但享受过程也是很开心的事。"张国梁不爱翻"老皇历"，找"教科书"，而是将他当年参与首创中国第一家专业供应链管理公司的创新劲头拿了出来，分析了利弊和前景，说服卢增贤，要她"争取把自己活成一束光"，大胆去尝试做这件国内迄今还无成功先例的事业。

尽管离恢复昔日的荣光还有很长的路要走，但张国梁感受到一种前所未有的责任心，这是使命，也是挑战。再恢复中国女子书画会百年前的光彩，在这一逐梦过程中耗费的不只是金钱，更多的是心血，唯有心怀使命才能克服过程中的种种困难。

二、重新走出历史

■ 聚焦文化遗产，组建新兴团队

俗话说："滴水不成海，独木难成林。"恢复"中国女子书画会"这个老字号，让其走出历史，将留存于史书中的珍贵历史文化现象，在现实中活过来，热起来，通过传承这份优秀的文化遗产，继续发扬光大，为中华民族复兴伟业和建设文化强国增光添彩，绝对是一项浩大的工程，单凭一两

第三章
重建的故事

个人的能量绝无可能做成，需要广泛地发动社会力量参与，齐心协力地进行才有可能。二人同心，其利断金。为了打开局面，夫妇俩将职责做了明确的分工，张国梁负责邀请企业界的朋友加盟，共同参与募集资金、组建官网、搭建平台、营造声势等事项；卢增贤负责邀请志同道合的女画家组成筹备小组，发展创始成员，为传承重建打好组织基础。

论交情深厚，为人处世，张国梁首先想到了两个人。一是何明龙，原籍湖北，大学毕业去深圳这个充满机会的地方闯荡。与张国梁十几年前在深圳共事过，后自己创建企业，开拓一片天空，事业稳步发展，深耕不辍，竞进有为，目前已是中国市场调查行业中唯一上市公司的董事长。张国梁回沪后同他一直保持着友谊，知他为人可靠，处事稳重，思维精细，又有开拓创新理念，女儿何诗琪是西安美术学院毕业的大学生，他应该有兴趣参与重建项目。一是汪进荣，也曾是张国梁在上海工作时的同系统同事和多年的老朋友。退休前一直秉持初心，追求卓越，在一家国有房产公司担任总经理，从事建筑管理，为人注重朋友感情，工作责任心强，办事认真周到，在急功近利的社会中，他的诚恳、务实、不浮夸，值得信赖。恰逢退休不久，身体健康，依然有着耀眼的"霞光"，还想发挥余热，充实生活，应该也有兴趣参与。

考虑到今后向公众传播中国女子书画会的历史、成员、活动详情及其他发布事项，需要一个权威的、可动态化的呈现书画会的进展、留存活动内容，甚至让活动"永不落幕"，重建一个活动网站是必须的，故物色一位擅长网络技术和管理的合作者也是重要考量。张国梁想到一个年轻人，曾与之有过接触，虽最终未能在网站业务上达成合作，但这位年轻人酷爱书画艺术和豁达的处世之道给他留下深刻的印象。他相信能说服这位名叫沈柯良的年轻人加盟。

功夫不负有心人。经过分别与何明龙、汪进荣、沈柯良三人的交谈，他们不约而同地认可这是一项有意义的事业，愿意追随践行、倾力相助，他们的高度认可形成了一股力量，让张国梁进一步提振了信心，筑牢了使命担当。同时也说明，做一件有意义的创造性工程确实能激起更多志同道合者的兴趣和响应。

卢增贤那边也颇为顺利，收获满满。她郑重其事，分别约了上海美协的画友于茵和沈小倩，以及在上海美协工作的张艳焱等喝茶，又约见了几位上海书画界名家的女性后裔，向她们谈了恢复老字号的想法和打算，都得到了积极的响应，她们认为中国女子书画会有着深厚的历史文化底蕴，值得挖掘包装、重新塑造，纷纷主动表示还会再发动其他女画家加盟，以此增强老字号的文化自信，让一代又一代传承人的智慧积累叠加。

此后，通过几位共同发起人的邀请，短短一个多月，就有三十多位女画家响应倡议，积极加盟重建工作，一时之间，可谓生机勃勃，芳华皓彩。"这让我们始料未及，"张国梁后来回忆起当初的情形时说道，"上海当时已有一个女性画家的组织，好像称之为上海美协女美术家工作委员会，聚集了一批优秀的女画家，但为什么还是有这么多人愿意加盟我们发起的社团呢？我想，中国女子书画会其中的艺术名媛效应和品牌效应起到了很大的作用。她们本来就视民国时期中国女子书画会中的一些著名女性艺术家为楷模，现在得知有机会能传承这个老字号组织，跻身为其中一员，与同人分享心得体会，交流智慧和见解，是尤其值得自豪的事，何乐而不为呢？"后来，在重建过程中，遍布全国各地的女画家纷至沓来要求加盟显然都与艺术名媛效应和老字号品牌效应密切相关，自己的名字将与中国女子书画会共同闪耀在这个时代，策划人为那些处于迷茫中的女画家提供了一盏通往未来的明灯。

江山代有才人出，女性艺术家从未沉寂。从这次的重建活动中，通过女艺术家的广泛参与，延伸了中国女子书画会的文化记忆符号，有可能让原本遗失、遗忘或者未能发现的独有记忆重新得到挖掘与回归。

■ 激活思维，重构破局之路

一路走过，未免带有理想情怀。每个人都向往成功，但没有人能随随便便成功。在实施过程中难免会遇到各种问题和阻碍。这时候需要向导和坚持，才能慰藉勇敢追梦者的灵魂。

随着项目团队和发起成员顺利组建完成，张国梁开始实施登记注册流程。但人生没有一帆风顺，果不其然，在这个环节遇到了阻碍与困扰。

首先去上海民政部门咨询，却被告知，因书画会的名称中含有"中国"字头，上海无权受理，须到北京民政部办理。于是，他马不停蹄赶到北京民政部社会组织管理局，了解注册的可能性，所得到的答复是无法在民政部注册登记。因为注册文化类的带有"中国"字头的社会组织，必须有国务院所属文化主管部门（文化部）的批文。虽然2015年时，国家已经实施了政府与社团组织脱钩的改革，取消了主管部门对注册社会组织的前置审批，但对带有"中国""中华"等字头的一级组织仍然维持原有规定，且审批相当严格，一般民间自发申请基本上会被拒绝。其次，中国女子书画会的名称也注册不下来，因为不符合我们国家对现有各类社会组织名称的规范要求，比如只能使用"中国女子书画协会"或"中国女子书画研究会"等规范用词，不能直接使用"中国女子书画会"名称。

面对法律政策方面难以逾越的阻碍，难道就此罢手，偃旗息鼓吗？张国梁毫不气馁，回沪后迅速与筹备组同人磋商对策。首先是有人提出换一个社团名称，如"上海女子书画会"，这个仅在上海市内申请即可完成，难度要小很多。但大多数人表示反对，理由也很充分，认为"中国女子书画会"就像其他"老字号"那样，是一个特定的历史符号，这一名称可以在新时代续写文化辉煌，让文化成为复兴路上的精神力量，名称只要不含封建和殖民主义色彩，没有理由去变更。所谓传承，就是要原汁原味地传承，先继承再发扬，否则就失去了传承重建的初衷和价值。

经过充分权衡利弊以后，筹备组决定先放弃在民政部的注册申请，但不放弃重建工作，要继续扩大影响，拓展积累资源，创造获批条件；同时，要让重建活动在法治轨道内运行，需要另辟捷径，把握积极有利条件，搭建筹备工作平台。

■ 薪火相传，获得名称权

点燃梦想，续写辉煌，筹备组当时首先需要设立一个重建中国女子书画会的官网，以向全球女性书画艺术家宣布将重建中国女子书画会的意向，并邀请她们加盟复会重建工作。

但是，官网的设立也困扰了许久。如果没有登记注册，这个"中国女子书画会"就会沦为"山寨"社团，而"山寨"社团的官网就没有公信力，公信力的缺失，会导致人们的怀疑与不信任，邀请优秀女性书画艺术家加盟就会被认为是骗局。于是，为了能设立官网，推动重建工作加快进行，形成正向的循环，须设法获得"中国女子书画会"的名称权成为当务之急。

当时在民政部注册也没有可能，那怎么办呢？如果到香港注册公司呢？张国梁念头一闪。中国香港是世界金融中心，也是一个融合机遇、创意和进取精神的都市，无论税收还是外汇制度，都有着其他国家和地区无法比拟的优势。

张国梁曾经受雇于中国香港一家企业，又在深圳工作多年，在香港拥有丰富的人脉资源，再加上何明龙也在深圳工作生活，两个人相互配合并邀请汪进荣、沈柯良（此后潘宗军、李国良也加盟进来）共同投资组建了"我梦艺术教育国际集团有限公司"，在香港完成注册，在旗下登记了分支机构"中国女子书画会"，在章程中规定"中国女子书画会"系公司制法人分支机构，独立开展公益性活动，资金来源于母公司拨付及社会捐赠。成立这个公司制分支机构的"中国女子书画会"目的有两个：第一，在香港启动重建活动的平台，如设立中国女子书画会官网，宣传中国女子书画会的历史、成员及取得的成就，邀请老会员后裔及其他优秀女性书画家加盟重建活动，举办书画展等。第二，设计中国女子书画会徽标，申请商标保护和版权保护，防止其他机构或个人侵权，干扰筹备组的重建活动。

在香港注册手续超乎寻常地顺利。从2015年10月中旬提交申请文件到获得批准证书，前后仅用了一个多月时间。特别对名称的申请，只要符合法律规定，又无他人使用，就可取得。整个申请流程公开规范，一切按照法规操作，只要申请人无犯罪前科，申请理由合理合规，一般不会否决。

2015年11月23日，香港特别行政区政府颁发了注册证书，筹备组获得了"中国女子书画会"的名称权。真是得来全不费工夫，是寻根，更是筑梦。时隔六十六年，中国女子书画会从美术史籍中重返现实社会，将开启中国高端女性书画艺术家社团的重建之路，展现女性艺术的创造力和价值。

虽然"良好的开端是成功的一半"，但筹备组团队成员并没有因此欣喜若狂，因为香港注册成功仅仅是拿到一个"老字号"的名称，同时还不具备一个"老字号"所必须具有的高品质内涵。只能稳打稳扎，致力于理性、深度、有启发的融合探索，才能拥有中国女子书画会更美好的未来。

三、加盟初战告捷

■ 官网昭示，筑梦未来

2016年元旦，中国女子书画会的官网正式上线，这是一个值得铭记而又振奋人心的日子，也成为艺术新媒体中的一道亮丽风景线。

当时，名称注册完成后，需要吹响吹锋号角，昭示各界，中国女子书画会将开启重建之路。筹备组策马扬鞭，为开辟崭新局面，以全新的姿态和积极的态度，迅速地投入建设官网的工作中。

沈柯良为人务实奋进，在中国女子书画会官网的建设中起到了重大的作用。他曾经从事过网站制作营销工作，对网站技术有一定的了解，同时又比较喜欢书画艺术，闲来常动笔练练字，筹备组将建设官网的任务交给他打理确实顺理成章。他从2015年11月底接到任务，立刻组建一个高效的开发团队，夜以继日工作，筹备组其他人员全力配合提供网站内容，仅用了一个月的时间就将官网雏形打造出来，于2016年元旦那天正式上线，美好画卷变成了一个触手可及的现实。

中国女子书画会传承重建筹备组借助官网这个窗口，庄严地向社会宣示，"中国女子书画会的会员将用女性特有的视角去观察、体验、表现所知、所闻、所感。我们将在艺术的世界里孜孜以求，在艺术市场中大放光彩。我们将女性书画家团结在一起，形成一股力量，从而有利于女子书画界整体水平的提高，在当今仍由男性大师为主角的书画界另领风骚，独树一帜"。

"我们在续写并创造历史。我们有信心、有毅力将中国女子书画会重建为当代艺术世界阵容最强、规模最大、艺术水准最高的新生代女性书画家精英俱乐部。不仅成为中国乃至世界艺术界一道亮丽的风景线，还将在中华民族女性艺术史上留下浓墨重彩的一页。"这掷地有声的宣告，让身为其中的书画会会员深感自豪，这是荣誉，更是使命与担当。

回首走过的路，大家坚信，唯有坚持不懈，才能把美好的梦想变成生动的现实；唯有孜孜以求，才能战胜前进道路上的重重困难。

心之所向，素履以往，奋力一搏，拼尽全力也要上岸。在命运的面前，大家全神贯注将目光凝聚在远方的目标上，为向往的目标拼命努力着。此后数年的重建活动证明，所有成就正在逐渐朝着这个目标靠近。

星光不负赶路人，所向往的，所坚持的，都在前方，终会有所收获。

■ 纷至沓来，体会"不一样的风景"

俗话说：良禽择木而栖，君子择善而交。可谓道尽人生的至理名言。优秀的平台，如同照亮前行道路的一束光，指引着女艺术家的人生之路。

官网将民国时期中国女子书画会的主要成员和活动情况做了大篇幅的介绍，同时又将参与重建的新生代女画家搬上了网络，这一巧妙的宣传手法无疑激发了许多女画家的兴趣。众所周知，当时国内已有的女画家社团寥寥无几，成立的历史也短，领军人物非为名家大师，举办的活动影响力不大，在国内美坛地位也无足轻重。现在突然冒出一个"老字号"女画家社团要重建，且拥有着辉煌的历史，能够同这么多老一辈艺术名媛共同跻身在一个艺术平台，并参与续写平台的历史，这种"不一样的风景"诱惑是难以抗拒的。

因此，在官网上线后的两三个月里，经介绍加盟和主动加盟的女画家迅速增加到了六十多位，她们分布在国内多个省市和海外多个国家。

初战告捷，令筹备组成员兴奋不已，感觉到重建老字号的初衷在一定程度上顺应了女性书画艺术家的诉求。他们更加意识到，由于人类活动中形成的传统社会分工，女性艺术家往往因家务事承担过重而影响创作的投入时间，要求男女性艺术家同台竞争和获得同等水准的艺术成就确实不太现实，这也是女性艺术从业人员比例比男性多而女性名家却不多见的主要原因。因此，为女性艺术家提供单独的舞台，使她们那些被淹没在男性大师辉煌下的艺术天赋重新闪亮，是中国女子书画会重建的重要使命，他们为此感到责任重大。

■ 入驻雅士，崭新收获

2016 年 3 月，为中国女子书画会的振兴增"底色"，添"亮点"，发展重建成员的工作如火如荼地进行着，大家对前景充满了期待与向往，愿用一份真诚和努力，描绘美好的未来。

同时，筹备组也意识到，这是一项长远而持续的规划，没有一个固定的办公地点很不合适。选择一个符合公司定位的办公场所，既要体现公司的整体形象，又要有良好的交通条件。那些靠近地铁站，位于上海市中心的办公楼租金可不便宜，筹备组有限的资金难以承受长期的租金压力，最好的办法是物色有现成办公场所的企业家加盟筹备组，让筹备组共享办公设施。于是，大家分别物色了几个地点，最后，位于中山公园附近的龙之梦雅士大厦成为理想的地点。

当时，筹备组成员于茵在朋友圈中发布了书画会筹备组要物色办公场所的信息，上海市书协会员姚意平得知这一信息后，马上向于茵推荐了雅士大厦办公楼。此时，姚意平正在雅士大厦内一家金融管理公司兼职办公室主任，在征求该公司老板潘宗军的同意之后，向筹备组递出橄榄枝，发出了邀请。

在姚意平的安排下，上海筹备组成员一起考察了雅士办公楼，并会见了潘宗军。大家对办公楼所处地理位置、办公格局、空间、大楼环境特别满意：大厦位于浦西 CBD 核心区域，以独特的建筑造型和近二百四十米高的超高层主楼勾画出长宁区新世纪商业中心的恢宏气势，办公条件优越，品质较高，是核心区域的一颗璀璨明珠，确实是书画会筹备初期的理想办公场所。特别重要的是，筹备组又吸引了金牌合作者潘宗军的加盟，增强了重建工作的后援力量。

潘宗军是浙江宁海人，青春岁月里有一段军旅历练，退伍回乡后自行创业。因为好客，讲兄弟情义，再加之浙江人的闯劲和胆识，事业一路顺风。当时国内恰逢金融创新，他看准时机在上海开办了一家金融管理公司，为一些熟悉的朋友和圈内中产阶层提供理财服务，通过为客户提供专业的金融服务，收益还算不错，能承受高昂的租金，在上海的黄金地段租下数百平方米的写字楼。他了解中国女子书画会重建的价值与意义，他为筹备组免费提供场地的慷慨之举也见证了其为人及经商之道，虽然后来因经营环境变化和公司经营战略调整，离开上海去云南从事生物医药开发事业，后续参与中国女子书画会重建工作较少，但因加盟而同其他后援人士相识并结下友情，使他远在千里之外还一直牵挂着书画会的事业。可算是重建路上的"暖心人"。

四、后裔助力重建

■ 寻找后裔，共续辉煌

梦想重新起航，筹备组进驻雅士大厦后，重建进程按下"快进键"，开始突飞猛进。除发展重建成员继续维持原有势头外，还取得了一些重要进展和基础性成果。

为体现传承和重建中国女子书画会的正统性，让年青一辈了解其中的延续和推崇，涵养文化自信，物色老会员或其后裔参与重建被提上了议事日程。由于时间相隔已久，原中国女子书画会的成员大多已作古，在唏嘘感慨之余，不免让人感到遗憾。存世的会员罕见，加之有不少人流散到海外各地，能联络她们的后裔难度也很大。

斯人不在，经典永存。筹备组经多方打听，细心寻找，与部分民国时期中国女子书画会发起成员兼领导成员的后裔建立了联系，如主要负责人李秋君的侄子，常务委员杨雪玖的外孙女，执行委员杨雪瑶的孙子，执行委员顾飞的儿子、女儿，执行委员鲍亚晖的女儿，创始会员谢月眉的侄儿媳，创始会员丁筠碧的孙子，会员陆小曼的过房孙子，会员鲁氏四姐妹的外孙女等，并邀请了部分爱好书画的女性后裔加盟了书画会。

鲜活的女性艺术史，镌刻着时代的烙印，也见证一个时代的风云，辉煌往事让老会员后裔感慨不已。他们对重建工作极为赞同，也大力支持，愿意继续发扬前辈的精神，有的向筹备组提供文献资料，有的拿出前辈的画作参加展览，有的为筹备组编撰的画册撰文纪念。他们一致认为，重建中国女子书画会是"一件功德无量的好事，既传承了民族优秀传统文化，又能告慰故去的前辈，中国女性美术辉煌后继有人"。

如果说中国女子书画会的那些女艺术家是一颗颗耀眼的明星，那么她们的后代则是环绕在明星周围的星群，它们有的光彩夺目，有的则比明星更耀眼。在此，特别要提及的是三重老会员的后裔，即庞沐兰女士，由于受家庭文化的熏染，描画出了自身独特的艺术轨迹。她富于奉献精神，愿意沿着前辈的足迹，去开创新的事业。在她的重要支持下，重建工作取得了突破性的进展，这是后话。

■ 意外收获，充实了史料

在寻找老会员后裔的过程中也有意外的收获。在现有的史料中，没有一位美术史研究者提及中国女子书画会究竟是谁第一个倡议发起成立的，仅仅罗列了一群发起人共同创始成立，筹备组在宣传民国时期的老画会时也以既有史料介绍一群发起人。但在筹备组代表参加了 2017 年 11 月 4 日上海文史研究馆主办的顾飞画展暨顾飞艺术研讨会，获得了一个极有价值的信息，参会的受邀嘉宾（都是一些顾飞女士相熟的上海画界老前辈）在研讨会上回忆顾飞女士的艺术生涯时，不约而同地讲述了顾飞参与中国女子书画会创建的故事。顾飞是 1933 年在其老师黄宾虹先生的鼓励下，萌发了创建一个女性书画艺术家社团的想法，后来她联络了一批相熟的女书画家积极活动筹备，终于在 1934 年 4 月成立了中国女子书画会，名称也是黄宾虹先生为其取的。按理作为倡议发起人及她的艺术水准，出任首任会长非她莫属，只是因为当时家道中落并不富裕，无法提供会所的场地，而冯文凤家相对条件优渥，顾飞提议将书画会设在冯家，并建议冯出任主席。于是，在成立后的报刊上所刊登的中国女子书画会领导机构名单上就没有体现顾飞真正的作用和地位，但顾飞并不介意名头荣誉。她对由她一手创建的中国女子书画会珍爱异常，从史料中看到，她除了参与书画会的几乎全部集体画展外，还同其他老会员举办了四次四人联展等活动。

这一段珍贵的历史故事为我们解开了一个谜，也补充了中国女子书画会历史资料，真是意外收获。

■ 夯实基础，步入发展正轨

以艺术之名，探索女性艺术，凝聚名家后裔的力量，围绕中国女子书画会深度探索艺术力量，彰显新时代女性的多元魅力。

为此，筹备组邀请了部分艺术上有造诣的书画界名家的女性后裔加盟，以充实书画会的品牌基因，其中比较重要的是画界泰斗刘海粟先生的女儿刘蟾女士。刘蟾女士丝毫没有名门之女的"傲气"，而是平易近人，谦虚有加，不计功利。她本人既有大家闺秀的风范，又有传承父母辈的创新文脉，怀着对前辈艺术家的敬意，对艺术的赤诚之爱，对中国女子书画会的重建工作坚定支持，哪怕此后重建工作遇到危急时刻也不改初衷，尽显名门之女本色，使筹备组成员一直感恩在心。

为了加强与中国港澳台地区以及海外华人的联系，增进在文化艺术上多种形式的合作，动员中国港澳台地区以及海外女书画家加盟也是重建活动的一个重要方面。这里，要提到叶君萍女士，她也是重建活动最早加盟的艺术家之一。

叶君萍女士祖籍浙江，因结婚而定居台湾地区。她是爱新觉罗皇室画派溥佐再传弟子，曾师承中央美院蒋采苹教授与台湾岭南派大师欧豪年教授。她是一位身处新时代丹青脉络中的艺术名家，实现了多元素的丹青重整与个性塑合。她的画兼容中西风格，开拓现代画品，能以传统底蕴为基准，从而升华个性风貌。国画作品曾获金、银奖，多次受邀于海内外举办画展，享誉海内外。她不仅自己积极参与中国女子书画会的重建，还动员了十多位中国台湾女画家加盟重建活动。筹备组曾计划委托她在2020年选择在台北举办中国女子书画会两岸成员联展活动，经她努力奔走，多方寻求支援，场馆都已物色好，后因疫情暴发而被迫取消。

一切已步入正轨，重建工作已全方位展开，大家凝心聚力谋发展，一派新气象。筹备组不失时机地完成了几项基础性建设，以加速推进重建进程。

首先，委托汪进荣完成了上海蜚美文化艺术有限公司的注册。蜚美公司的注册，突破了中国女子书画会筹备组在国内活动的某些功能限制，也为引入加盟资金提供了合法渠道，这为重建工作的持久运作创造了必要前提。

其次，以上操作完成后，筹备组又不失时机地分别在2016年4月和7月完成了"中国女子书画会"商标注册和商标版权的注册，取得了"中国女子书画会"的名称独占权。以免被别人抢注商标名称登记，给筹备组以后进行持续的重建工作造成被动，影响参与重建工作的艺术家和后援团人士的积极性。

天有不测风云，正当筹备组沉浸在初战告捷的喜悦中时，重建启动以来的真正考验不期而至。

五、面临"生死"考验

■ 打击"山寨"，面对未来

法国著名作家罗曼·罗兰说：世上只有一种英雄主义，就是在认清生活真相之后，依然热爱生活。

原以为一切可以按计划执行，可困难总是不期而至。2016年春末夏初，对筹备组的全体成员来说，注定是一段煎熬的日子。民政部于3月起在官方媒体上公布在境外注册的"国"字头"山寨"组织和"离岸"组织的黑名单。客观地说,民政部的这一行动并无不妥,这是在我国当时并无明确的法律规范境外非政府组织在我国开展活动,形成了"国"字头"山寨"组织和"离岸"组织泛滥成灾,普通民众真假难辨而导致混乱的背景下,所采取的无奈之举。民政部希望通过这种公布黑名单,形成"过街老鼠,人人喊打"的舆论战来净化环境,打击那些挂羊头,卖狗肉,骗财谋利的"国"字头"山寨"和"离岸"组织。应当说,这种行动确实收到了一定的成效,抑制了我国当时"国"字头组织泛滥成灾的混乱局面。

一些带"国"字头的,听起来都很时代前沿、自带光环,其实,这些都是非法的。所谓"山寨"组织和"离岸"组织,这是对那些未登记注册或在境外登记注册而没有在境内登记,却在境内进行活动的非法社会组织的统称,国际上并没有类似概念。"山寨"组织还好理解,就是仿冒合法组织的名称,使人产生歧义而达到不可告人的目的,而"离岸"组织一般人并不容易理解。这个概念是从"离岸公司"引申而来,意为某企业在某地注册,业务在其他地开展的公司。国际上或我国法律并未禁止离岸公司在我国开展业务,只要进行登记或备案即可。同理,"离岸"组织本身并不一定是非法组织,只是因为其在境内开展活动前没有向当地政府登记而成为非法。中国政府打击的重点是一些投机分子在境内申请带"中国""中华""全国""世界"等字头的社团组织无门,到境外申办一个"国"字头身份,到境内招摇撞骗,牟取获利的行为。他们利用了国民对政府的信任,认为凡是"国"字头的"协会""联合会""学会"等社会组织都有政府背景,他们发的培训证书或其他职业认证证书或举办的比赛、展览、选秀活动都具有一定的权威性和含金量,愿意掏腰包埋单参与。于是,鱼龙混杂,乱象丛生,一般人根本分不清哪是正规组织,哪是"山寨"或"离岸"组织,纷纷上当受骗,且投诉无门。于是,国务院各主管部门只能由民政部以公布"黑名单"的方式对这些黑机构进行打击或取缔。当然,这种运动式的行动效果是明显的,大量"山寨"或"离岸"组织,像过街老鼠瞬时无影无踪,销声匿迹。因为普通民众并不了解以上法律概念,一时间,国人误以为凡是在境外注册的社会组织等同于非法组织,而害怕同其沾边有瓜葛。

■ 不畏军心动摇,策略应对

筹备组要面对诸多复杂因素的相互作用,现实中的困难与压力,要比想象中多得多。毫无疑问,正处重建路上的中国女子书画会可谓"生不逢时",也遭遇了这波冲击。前面提到过,"中国女子书画会"冠有"中国"字头而暂时无法在民政部注册,不能注册就没有名称权,没有名称权就不能开展任何的重建工作,且极易被他人抢注名称,干扰重建工作,迫于无奈,筹备组只得在香港申请到了一个"老字号"名称权以开展重建工作。显然,筹备组的做法和目的与那些"山寨"和"离岸"组织有着本质的区别。首先,筹备组并不是刻意要冠以"中国"字头,"中国女子书画会"如果在民国时期成立时用"上海女子书画会"的名称，对筹备组来说更省事，会减轻筹备组大量的工作量和重建难度。但是没有办法，历史是无法改写的，这个老字号的名字也没法改变。其次，筹备组虽然拥有了"中国"字头的名称权，但重建以来从未向任何参与重建活动的成员收取过任何费用，也没有从事过任何营利性活动，一直由投资的母公司连续不断地输血支持重建工作。

然而，重建活动的初衷和本意是有口难辩的。虽然"中国女子书画会"并未被圈入"山寨""离岸"黑名单，但一些成员担心筹备组也是在境外获得的名称，加入这样一个组织会不会安全，一些有体制内身份的成员开始疏远与筹备组的关系，一些成员甚至与筹备组打招呼，退出重建活动，我们原先看好邀请来筹备组主持工作的某位上海知名女画家也突然改变主意，不参与重建活动了。

一时间，犹如乌云压城，筹备组成员的信心遭到重大打击，有些人对重建前景产生了疑惑，前往办公室开碰头会的也寥寥无几，用"门庭冷落"这个词形容一点也不为过。

"旗帜还能打多久？重建事业还要不要继续下去？"在这艰难时刻，张国梁坚信自己走的是"正道"，也期待着，终有一天，自己的"正道"可以被"正名"。他咬定目标，尽自己的最大努力交出完美答卷。

他召集了仍然在上海坚守岗位的卢增贤、汪进荣、潘宗军、姚意平等成员一起商讨了对策。大家分析了形势，认为某些成员因不了解相关法律而产生的忧虑和自我保护可以理解，特别是经历过"文革"，因"站错队"而遭受的迫害记忆犹新，任何人这么做无可责备，尊重她们的选择，不必勉强，让历史来证明我们的事业是否正确。绝大部分坚定支持重建工作的成员给了我们莫大的勇气和坚持不懈的精神力量，我们不能辜负她们的期望，现在还没有到最后的关头，只要有一线希望，就不能半途而废。

不畏蜀道难，重建在路上。张国梁在会上提出了应对策略，"争取积极主动，赴北京民政部递交情况说明，让政府主管部门详细了解中国女子书画会重建的原因和现实意义，强调本会的名称是特定的历史符号，并非故意冠以'中国'字头，与其他境外注册的'国'字头组织目的不同。而且，我们开展重建活动的平台是公司制机构，并非社会组织，现行法律并没有禁止外资企业在境内从事非营利性的宣传活动。我们行事正大光明，重建以来从未谋取经济利益，从未向参与重建活动成员收取任何费用，反而投入了大量资金进行重建和为成员提供服务，与那些唯利是图的"山寨"组织或"离岸"组织有着本质的区别"。

■ 主动迎战，初战告捷

2016 年 6 月，张国梁和卢增贤一直辛苦奔波在路上。他们带着筹备组的书面说明再访民政部社会组织管理局，经向该局多个部门轮番汇报和说明，得到了主管部门的理解。此后，在民政部公布的十多批，共一千三百多家境外注册的"国"字头"山寨"组织和"离岸"组织的名单中没有中国女子书画会的名称出现，避免了遭受"误打"和"污名"的厄运。但也不得不承认，这次风波，对重建的进展还是产生了较大的影响。

所幸的是，中国政府在整肃不良境外组织的同时，及时出台了新的法律，来规范境外组织在境内的活动。2017年1月1日开始实施的《中华人民共和国境外非政府组织境内活动管理法》就为守法的非政府组织在境内的活动及取得合法身份提供了法律保障。从另一个角度来看，民政部打击"山寨"和"离岸"组织净化了国内社团组织的宏观环境，一千三百多家上了黑名单的"山寨"和"离岸"组织被取缔，有利于合法组织拓展今后的发展空间，对中国女子书画会重建的发展进程有正面影响。

六、柳暗花明重现

■ 迎接旗手，砥砺前行

2016年下半年，中国女子书画会的重建工作虽然有一段观望期，但同时也在蓄势待发，寻找突破口。果然，决定重建进程的一个重要转折点来到了。

前面提到过，女画家沈小倩是卢增贤最早邀请作为重建发起成员的对象之一，但碍于其体制内的身份，筹备组的早期工作虽没有过多参与，但她一直在关注着筹备进程。那年国庆假期后的某一天，筹备组在雅士大厦碰头时，她向张国梁和卢增贤提出建议，中国女子书画会应该要有一位声名显赫的女画家作为领头人，这样才能吸引一批高水准的成员加盟，让重建中的中国女子书画会层次上一个台阶。同时，她向筹备组推荐一位合适的人选，就是年逾九十高龄的著名书画大师陈佩秋先生。当时，陈先生是上海书画院院长（不坐班），沈小倩是书画院办公室主任，同陈老家关系很熟，她可以试探一下陈老家的态度，看看能否出任中国女子书画会重建筹备组的名誉主席。这个消息让筹备组全体人员大喜过望，一致赞同让沈小倩出面邀请。陈老的加入，一定程度上有望开辟一条新路径，开启一个创新的模式。

陈佩秋，1922年生，字健碧，河南南阳人，西泠印社理事，中国美协会员，国家一级美术师，

重建的故事

上海中国画院画师、上海书画院院长、上海文史研究馆馆员、上大美院兼职教授，擅长花鸟和山水画创作，题材广泛，技法全面。工书法，精行草。创作之余，致力于中国书画的鉴定研究，其画作在当时市场上的价格位居中国女画家之首，系声名远播中外的中国当代著名女性书画大师。她系民国时期中国女子书画会发起人之一谢月眉的弟媳，年轻时也随谢月眉参加过中国女子书画会的活动，同女子书画会的几位著名女画家如陈小翠、吴青霞、庞左玉、周錬霞等保持着密切的画友关系。由于迄今为止，史籍中并没有完整的中国女子书画会的会员名册，唯一出现的名册上并没有陈佩秋的名字，估计与她的年龄同那些中国女子书画会的姐姐相差较多，未能参与20世纪30年代的活动，仅在40年代后期参与有关，筹备组登门拜访陈佩秋先生时，听她的亲口陈述，可以确认她是老画会唯一存世的老会员。她的大气谦和使中国女子书画会有了异样的底色，摆脱了女艺术家纤细、妩媚的固有印象。陆俨少有一首诗赞陈佩秋："簪花笔力能扛鼎，未见史书有此人。搜尽名花归画本，独于异境得清新。"

海上名记者郑重与她进行对话时，她对中国女子书画会的几位女画家颇有慧心之评：

陈小翠不错，诗也写得好，和我常来往。还有周錬霞，诗也写得好，和我也谈得来。陆小曼当时也在画院，画院领导曾经叫我访问过她几次。她们都是淑女型的人物，诗比画出名。

对当年拜访陆小曼的情景，陈佩秋先生记忆犹新。岁月更迭，倏然已是半个世纪前的事了。无从猜想陈先生当年与这些女画家如何交往，如何汲取前辈女画家的艺术真谛，但是那份女性情谊随时光沉淀而显得特别有韵味。20世纪五六十年代，年轻的陈佩秋与中国画院诸女画家也多有来往。她与吴青霞、周錬霞、庞左玉、侯碧漪、李秋君等女画家的合影成为珍贵的一页。陈佩秋先生是海上画坛的一面旗帜，更是当今国内文化艺术界标志性的人物，综合考量，她在美坛的艺术地位及同中国女子书画会的渊源确实是非常合适担纲为旗手级的领军人物，这真是天意。

不久，经沈小倩的安排，庞沐兰女士来到雅士大厦对筹备组进行了考察，会见了筹备组主要成员，认真地听取了张国梁对筹备进程的介绍及今后的规划。她听后非常认同重建的意义和目标，认为这是一件很有价值的事情，还提及自己也是从小习画，先后加入多个书画艺术家组织，深受书画艺术组织的影响和鼓舞。她一直从书画艺术中汲取营养，将之运用在创作上。她表示将尽所能支持筹备组的工作，回去以后向陈老汇报，毕竟老人家年事已高，需要做些解释和说明工作，请他们静候佳音。

庞沐兰女士是陈佩秋先生的大儿媳，1974年高中毕业后即随著名书画家谢稚柳和陈佩秋先生学习中国绘画与书画鉴定，深得精髓，颇有功底。侨居美国期间，曾任美国中华书画学会理事和监事，热心于弘扬中国传统书画艺术。回国后，长期与陈佩秋先生生活在一起，亲自照料打理陈佩秋先生的一切事务，与陈佩秋情同母女。在艺术上，她也近水楼台，受益颇多，成长为一名颇有造诣的优秀画家。如今她为上海市美协会员、上海市侨联委员，又身兼上海市华侨书画院理事、上海龙华古寺华林书画院副院长等职，繁忙工作之余，坚守初心，弘扬传统文化自信，积极参与和组织各项艺术活动，为发扬书画艺术付出自己的辛劳。

12月20日，接庞沐兰的通知，让晚上去陈佩秋先生府上。于是，作为筹备组的代表，张国梁、卢增贤、沈小倩三人准备好聘书和一些资料去登门拜访。陈老长期养成晚上创作，白天睡觉的习惯，我们去时约晚上七点多，陈老刚起床吃了饭，坐在椅子上休息。老人家虽然年已九十四高龄，但仍然精神饱满、神采奕奕。经庞沐兰介绍后，与大家笑容满面地聊了起来。看来，老人家除了耳朵有点背，反应稍有迟缓外，思维仍很清晰。张国梁等人给她看了一张20世纪60年代她和吴青霞等几位民国时期中国女子书画会老会员在一起切磋画艺的图片，这张图片是从一本文献上下载的，除正对画面的人物可辨认出姓名外，背对画面的一位女画家没有标出姓名，也不知是谁。不料她一眼就认出是陈小翠，并讲述了陈小翠在"文化大革命"期间所受的迫害和悲惨遭遇，讲到动情之处，情难自已，还流下激动的泪水。这让大家惊叹和感动不已，惊叹的是九十四岁高龄的老人家仍能凭借服装和背影辨识出是谁，足见她与陈小翠的交往之深；感动的是几十年过去仍能清楚地记住老友的苦难，足见她与陈小翠的深情厚谊，而陈小翠是民国时期中国女子书画会的核心人物之一。此后，陈老还聊起中华人民共和国成立前参加女子书画会的画展，同会友经常举行笔会等故事，让大家见证了陈佩秋先生同中国女子书画会的密切关系，确信她是当今唯一存世的老会员。当代表们向她提出聘请她为重建的中国女子书画会名誉主席时，她谦虚地说"受之有愧"，但仍高兴地接受了邀请，并同大家合影留念。

逝川远去，春秋交替，中国女子书画会的早期成员相继星光陨落，当今，陈佩秋先生不顾年事已高，为了中国书画事业的繁荣昌盛和持久进步，担任了"中国通俗文艺研究会·'中国女子书画会'研究委员会"主席。陈佩秋先生出山担纲领军旗手是中国女子书画会重建进程中具有里程碑意义的重大事件。第一，她是民国时期中国女子书画会幸存的唯一成员，她的参与，使重建筹备组具有传承的正统性。第二，她在国内外华人书画家中享有极高的声誉，在美坛的影响力和地位，在中国艺术界拥有不可取代的地位。第三，陈佩秋作为体制内艺术家，她能出来站台，参与重建活动，这对于其他一些体制内艺术家会起到榜样作用。日后重建进程的发展，也充分显示了陈佩秋先生的参与所起到的正面作用。

■ 艰难首展，迎来新旅程

笔韵情致，墨写典雅。2017年的春天是充满希望和激情的春天。国内整顿非法组织的战役已告

重建的故事

一段落，合法民间组织活动又重新活跃起来，这就给了筹备组结束静默状态，重新开展活动的自信。为了展现中国女子书画会重建筹备组在境内活动的合法身份，筹备组委托香港律师出具公证函，并经中华人民共和国司法部驻香港特派员公署盖章确认，"中国女子书画会"是在香港合法注册的公司制分支机构（并非境外社团组织）。这份证明文件给了筹备组足够的底气，可以在中国境内从事合法的非营利性活动，可以打消部分合作伙伴的顾虑，放心大胆地开展艺术合作活动了。

当时，筹备组中有许多艺术家提出，重建活动已有一年多了，成员也征召了不少，是否可以考虑正式向公众亮相了。筹备组经过慎重评估，决定借中国女子书画会成立八十三周年之机，在上海举办重建后的首次画展，以向社会宣告，中国女子书画会重建活动正式开始。

但我们的画展，不像一般民间书画艺术机构举办画展那么简单，因为它冠有"中国"字头，势必要考虑画展的主办单位、举办场所、画展规模、出席嘉宾档次、媒体宣传等要素，所以策展必须周全。要么不做，要做就必须圆满成功，否则会给重建工作带来负面影响。

首先是场地的选择。考虑到重建经费必须精打细算，举办活动不能太过奢华，画展场地既要节省成本，也要兼顾到"中"字头组织的身份，不能追求动辄一天就要几万元场地费的商业性场馆，最好选择政府直属的公益性场馆，知名度高，位置适中，交通方便，收费低廉。于是，位于静安寺附近的上海文联展馆被定为首选，但文联展馆并不对一般民间组织开放，除非展会主办单位是文联下属机构。经筹备组商讨后，决定请文联下属的上海书画院作为画展的主办单位。这个选择有其一定的内在原因，一是上海书画院院长由陈佩秋先生挂名出任，陈佩秋先生又是中国女子书画会的名誉主席，顺理成章。二是筹备组成员沈小倩是现职上海书画院办公室主任，办事方便。三是上海书画院执行院长丁一鸣先生是一位实力派知名画家，为人真诚，善解人意，乐于助人，又有创新意识，容易沟通。果然，向丁院长的邀请非常顺利，他不但同意上海书画院可以作为首展的主办单位，个人还高兴地接受了出任中国女子书画会筹备组艺术顾问的聘书。这样，基本解决了场地和主办单位问题。

但好事多磨，文联展馆因公务临时活动须用，与展期冲突，而开幕式时间已广而告之也无法更改。无奈之下只得另觅其他场馆，最后选定上海图书馆展览厅作为书画会第一次亮相的地方了。

接下来就是物色重量级嘉宾出席画展开幕式的事了。作为"中"字组织，北京方面的来宾是必不可少的，这就需要提及一下宋秋馨女士了。宋秋馨，号闲庭阁主，1964 年生于北京，受父亲影响自幼习画，工写意花鸟，现为北京美术家协会会员、中国华侨画院副院长、中华文化促进会传统文化委员会主任助理、专职画家，也是筹备组副组长。她是中国女子书画会官网发布重建公告后最早加盟书画会的北京画家，大学法律教育背景，为人稳重严谨，有较强的逻辑性思维（这在女性艺术家中难能可贵），早年曾从事企业管理，书画曾是业余爱好，退休后专工写意花鸟，作品颇受人欢迎，被广泛珍藏。宋秋馨加盟筹备组后，曾想方设法协助筹备组在北京物色合作单位，筹备组张国梁和卢增贤曾几次进京在她的引荐下与合作单位洽谈，她为重建活动的发展做出了积极的贡献，所以被董事局聘为首届执委会副主席。通过她的介绍，还发展了中华文化促进会传统文化委员会副主任刘亚萍女士为筹备组首届执委，并代表该会出席开幕式和致辞。在当时的环境下，有这样一位代表北京"国"字头组织的人员出席开幕式也算难能可贵的。

翰墨春晖，丹青之道。在上海的重量级嘉宾中，筹备组邀请了上海书画界权威专家，包括上海市文联副主席兼上海市书法家协会主席周志高、上海市美术家协会副会长兼秘书长陈琪和上海大学美术学院教授、博导黄阿忠三位。周志高是当代书法复兴和海派书法走向世界的见证者；陈琪是将中国画中"师古"与"师造化"的理念完美结合，汲取传统，大胆创新，勇于打破陈规。黄阿忠以静雅空灵、流淌着"中国意境"的油画创作独树海上画坛。他们三位包括了书法、国画和油画三个主要书画品类的专家，凭借渊博的学识，从不同角度来为中国女子书画会深度参与及鼎力相助。虽然其间的过程颇为不易，但是令人欣慰的是，最终都取得了圆满的结果。他们也不负众望，使人们开阔了视野，加深了书画会的底蕴。

■ 首次亮相，惊艳沪上

2017 年 5 月 5 日，风和日丽。正是立夏时节，中国女子书画会的画展像一道旋风风靡于沪上。

上海图书馆西座 1 号展厅熙熙攘攘，人声鼎沸。人们都被这个好奇的主题所吸引："庆祝中国女子书画会成立八十三周年——新生代会员全球巡展上海首发"。"什么时候上海冒出来一个中国女子书画会？""新生代会员又是哪些人？"人们重新被告知，沉寂六十六年的中国女子书画会从历史中走出来，回到了现实中。

无声胜有声。这次画展，中国女子书画会筹备组境内外成员九十余人展出中国画、书法、油画、版画、水彩画等一百幅作品。她们用心、用情、用力的创作，将女性的恢宏气概、飒爽英姿、妩媚柔情和对人类、对社会的卓越贡献，揉化成秀山灵水、繁花清荷、淡菊修竹、飞禽鸣鸟，呈现在人们眼前，展现一派生机勃勃、丰饶繁衍的生命景象。出席开幕式的各界嘉宾有上海市美协、上海市书协、上海美协海墨中国画会、吴昌硕艺术研究会等各界人士三百人左右。部分参展成员集体签名派送画册，三天有数千名观众参观了画展，创下了近年来上海民间艺术社团举行书画展的观众规模最高纪录，并有二十五家中外媒体报道了本次画展。

在这次画展中有个小花絮值得一提，就是关于开幕式主持人的人选。考虑到这是中国女子书画会重建活动的首次亮相，主持人的风采一定程度上代表了新生代成员的形象，筹备组认为必须精心选择。起初有人提议从电视台聘请一位专业主持人，但也有人认为现有一位曾经出演过电视剧的青年演员，她以书法家的身份加盟了重建活动，形象也很适合，可邀请她来出任。筹备组觉得这个提议好，用自己的会员出任主持人，彰显了重建活动成员多才多艺、青春靓丽的气质，也可节省活动经费，可谓一举两得。于是就委托卢增贤秘书长去邀请。但不巧的是，此时这位青年演员因身体息影在家休养，不便承担繁重的主持任务而令人遗憾。恰在此时，筹备组成员孙贝贝挺身而出，自告奋勇提出让她来出任主持人。这让一些人有点担心，毕竟孙贝贝是美术专业人员，从鲁美毕业后一直从事专业绘画和美术培训工作，尚无大型活动开幕式的主持经验，万一搞砸了怎么办？但这次画展的策划人兼组织者的张国梁及秘书长卢增贤却力排众议，认为从孙贝贝的个人性格、气质、形象、语言表达等综合能力来看，只要给予她一定的指导，应该可以胜任，于是，筹备组拍板请孙贝贝出任主持人。此后，孙贝贝果然不负众望，认真准备主持人串联词，开幕式前星夜背诵，与策展人研究开幕式中可能出现的意外情况及应对对策等，还自费专门为此次主持人任务新做了一套主持人礼服，可见她的责任感丝毫不亚于职场员工。当然，她在 5 月 5 日画展开幕式上的惊艳亮相，震惊四座，代表了中国女子书画会新生代成员不输当年老会员的风采也不足为奇了。

通过这次画展，让更多的人认识和了解中国女子书画会，彰显着老字号日益强大的品牌影响力和吸引力。相信在新的起点和新的征程中，会有越来越多的女艺术家加入进来，以更加坚定的信心，更为紧密地团结在一起，为实现更远大的愿景和目标奋斗不息。

七、步入规范发展

■ 再展无锡，奏响时代之声

在"上图"的成功亮相，让筹备组信心倍增，筹备组成员决心大展拳脚，乘胜发展，重建活动进入了快车道。一时间，除上海本地有不少企业或个人，也有外地朋友纷纷伸出了橄榄枝，表达了合作参与重建活动的意愿。媒体对中国女子书画会走出历史的报道也增强了其知名度，新加盟的女性艺术家人数激增。初步估计，截至2017年10月，在册报名加盟的女性书画家成员已达一百五十名左右，改变了重建初期成员主要是上海女性书画艺术家的构成，成员已经扩展到上海、北京、江苏、山东、河南、浙江、安徽、广东八个省市，中国台湾、香港、澳门三个地区，以及美国、德国、日本、法国、澳大利亚五个华裔较多的国家。

无锡的彭月芳、巫浣素等筹备组成员向秘书处提出在无锡也举办一个书画展，将中国女子书画会的品牌影响力在无锡扩展开来，秘书处当然全力支持。彭月芳、巫浣素等无锡籍女书画家是重建活动最早一批加盟的成员，其中彭月芳女士又是筹备组中最坚定、最积极、最具贡献的核心成员。这次无锡书画展就是在她亲自策划和张罗，并在她的企业家丈夫李国良全力支持下而举办的。

2017年11月18日，由中国女子书画会（建筹）、江苏省花鸟画研究会、无锡市美术家协会主办，为纪念中国女子书画会成立八十三周年，中国（无锡）国际女子美术作品展在无锡市图书馆盛大开幕，有来自美国、日本、澳大利亚及中国台湾、香港和内地九个省市共一百二十余名女性书画家作品入选本次美展，展出作品近一百五十幅，包括书法、中国画、油画、版画、水彩画等画种。参展者既有该会会员，也有非会员；既有才华横溢的艺术新秀，也有实力超群的画坛名媛。无锡市老领导和市有关部门领导在开幕式上发表了热情洋溢的讲话，高度评价了中国女子书画会在历史上的成就和重建的意义。展出的作品书画齐飞，中外合璧，既继承了中华传统女性对书画艺术的一贯追求，又体现了现代女性对艺术美学的非凡领悟。通过这些作品，让社会公众感受到，用女性特有的视角去观察、体验、表现所知、所闻、所感而创作出的作品或许有着与男性艺术家不同的艺术魅力。本次展会首次设立了奖项，共颁发奖项三十五名，其中一等奖五名，二等奖十名，三等奖二十名，奖励均为现金。本次展会有多家重量级媒体进行了报道。11月23日，中国中央电视台书画频道在当晚九时美术新闻中对画展进行了报道。此外，还有新浪视频、凤凰视频、网易视频、搜狐视频、优酷视频、中华网、光明网等媒体也做了相关报道。

这是无锡女性书画界的一次盛会，它展示了无锡女性书画的亮丽风采。无锡女性书画者，是无锡书画界一个活跃的群体，她们大气而秀雅，外柔而内刚，以女性特有的细腻和敏感及灵性的江南情怀，呈现着独特的艺术魅力，表达出对生活的别样体味，对造化的深层思考和不懈的艺术追求。

翰墨涟滟，尽展芳华。无锡画展无论是在规模、形式还是影响力方面超越了上海首展，助推了重建工作的进程，彭月芳女士和李国良先生功不可没。筹备组适时任命彭月芳为筹备组副组长并兼无锡分组组长，李国良先生则被吸收入后援团核心成员。

2018年中国女子书画会无锡分会成立，彭月芳任会长。

■ 兼修内功，提高入会标准

通过在2017年半年内举办的两次画展，重建活动的声势确实造得很大，得到的评价大多是正面的，但也有一些批评声音，主要是指重建加盟的成员总体上来说，艺术水准还达不到一流，同其"中国女子书画会"的品牌相比还有差距。这个批评切中要害，暴露了筹备组在重建初期为争取支持，加速扩大规模而采取的"来者不拒"的发展倾向。于是，筹备组召开了数次座谈会，广泛听取了意见，数易其稿，制定了加盟准入条件，除老会员的女性书画爱好者后裔外，新加入进来的成员必须具备省级美协或书协会员身份，或者是高等美术院校的副教授以上职衔或者是相同等级的美术类岗位专业人士等条件。

总结经验，是为了以后取得更高的成就。门槛提高以后，重建成员的艺术水准构成有了大幅提升，社会面对中国女子书画会重建成员的评价和欢迎度也相应得到了提高，为此后引入大量高水准的艺术家加盟奠定了基础。

八、曙光已经展现

■ 名家加盟，重建路上的领头人

流光溢彩，灿若星河。2018年的春节洋溢在一片喜庆祥和的氛围中，筹备组的成员也信心百倍，踌躇满志，觉得实现梦想的前景无比光明。

节后，经北京成员杨娟介绍，时任北京海淀区美协副主席的范一冰女士在杨娟的陪同下应邀来上海考察中国女子书画会重建情况。杨娟系重建活动初期筹备组内少有的具中国美协会员资质的重量级成员，笔名涓子，大学教授，国家一级美术师，中国美术家协会会员，中国国际书画研究会会员，北京荣宝斋特约画家。她毕业于河南大学美术系，河南教育学院中文系，首都师范大学美术学院研究生学历班，现为河北东方大学美术系教授。范一冰，又名范国荣，时任中国美术家协会会员，中国女画家协会常务理事，中国新水墨书画研究会副会长，北京市海淀区美协副主席，国家机关美协理事，中国金融美术家协会理事，北京女美术家联谊会理事。她与杨娟的"艺术之路"志同道合，追逐艺术的步履坚实，在听了杨娟邀请她加盟重建活动后很有兴趣，也对重建活动今后的发展方向有着独到的见解。

作为筹备组的上海成员，张国梁和卢增贤热情地接待了她俩，陪同她们考察了上海筹备组办公场所，并详细地介绍了重建活动的进展和未来发展的计划。范一冰为人谦和沉静，又有着鲜明的态度和主张。在肯定了重建活动的初衷和取得的前期成果后，也指出了目前存在的不足，"作为一个在美术史上评价很高，又有着八十余年历史的老字号"国"字头女性艺术家组织，重建的起点一定要高，成员的艺术水准含金量也要高，且实际参与运作的女性艺术家带头人能力也要强。这样，重建的中国女子书画会才能在中国美坛立足，才真正能同你们的重建宗旨和宣言相匹配"。确实，她的这番话可谓醍醐灌顶，切中肯綮。本来筹备组的重建思路仅仅是沿袭老画会的传统，以上海为主要活动地区，没有想过要发展为一个全国性女性书画家组织。画会的实际运作带头人也没有特别高的要求，只要热心公益活动的女性艺术家即可。但重建活动开展了两年多，实际取得的成果已超越了重建初期的目标轨道，大家都开阔了眼界，激发了热情，把筹备组推向了更高的境界而无法刹车或退却，迫使他们认真考虑范一冰的建议。当张国梁等询问范一冰有什么具体实施方案时，范一冰坦诚地告知他们，她虽然看问题很清楚，却没有独当一面的自信，她有几个合适的知名女画家朋友，有站在更高层面思考问题、统筹问题的能力，勤于思考，反刍更新，如果她们能应邀加盟重建活动，她相信，凭她们的能力和资源可以让重建活动上一个台阶。"如果你们有兴趣邀请她们加盟，等我回京后探探她们的口风，再给你们回音。"

不久，范一冰的回音来了，邀请张国梁和卢增贤到北京面谈。

在北京东郊一座充满传统艺术情调的别墅中，北京国画艺术家协会主席王晓卉女士热情地接待了上海来宾。王晓卉，中国美术家协会会员，国家一级美术师，中国人民大学艺术学院高研班导师，中国美术研究会研究员。两个多小时的会谈使双方充分了解了重建中国女子书画会的意义、重建活动的现状、存在不足和今后发展的方向，并达成了合作意向。王晓卉老师给人印象深刻，她大度而正直，豪爽而实在，做事富于魄力，不愧出身于军旅，值得信赖，再加上有意愿投入充足的社会资源于重建活动，是筹备组久觅而不得的人才，相信应该是一位能实际带领筹备组进行重建活动的领头人。

在这里，有必要说明为什么重建中国女子书画会的领头人需要物色。理论上说，卢增贤是最初的重建发起人，也积极参与自始至终的重建活动，做出的贡献有目共睹，重建工作的实际领导者是其丈夫张国梁，夫妇俩所投入的精神和物质力量也是最多，重建活动的所有成果与他俩的贡献密切相关，按理，卢增贤成为重建中国女子书画会的领头人应该顺理成章。但夫妇俩并不这么认为。重

第三章
重建的故事

建中国女子书画会是一项神圣的公益性事业，其产生的成就属于全体参与重建活动的成员，并不是他们的私产，谁符合领头人的条件就该谁上。筹备组从重建活动开始就定出了领头人的条件，那就是"人品、艺品、知名度、领导力、献身精神"五个条件，缺一不可。卢增贤虽然具备了一些条件，比如人品、艺品和献身精神，但知名度不足，最关键的领导力也难达到要求。因此，两年多来，曾有领导、专家、朋友为筹备组推荐过一些人选，但终因有缺憾而一直空缺。

张国梁、卢增贤回到上海后，将推选王晓卉担任重建中国女子书画会领头人一事向陈佩秋名誉主席和庞沐兰老师做了汇报，也向全体筹备组成员征求了意见，获得了绝大部分成员的赞同，并通报了北京的王晓卉、范一冰等会员。此后，在她们的积极努力下，又发展了一批北京及其他各省的知名的、才艺兼备的女书画家加盟重建活动（关于她们的艺术简介在本书有专页介绍）。

■ 成立筹委会，浓郁墨香满人生

"只有每一步都踩踏实了，才有可能走向胜利的终点。"在张国梁的倡议下，成立了筹委会，得到了大家的大力支持。

经过京沪两地筹备组紧锣密鼓的酝酿准备，在2018年3月26日，一个春暖花开的日子里，阳光明媚，胜友如云。来自上海、北京各界的书画艺术界的人士济济一堂，共祝中国女子书画会筹委会的成立，畅谈书画会的发展前景，描绘以后的宏伟蓝图。以通信方式（考虑到陈先生年事已高）召开了"中国女子书画会筹备委员会主席团第一次会议"，会议由陈佩秋先生授权王晓卉主持。这次会议在重建活动中具有里程碑意义。

首先，正式成立了重建活动组织，称为"中国女子书画会筹备委员会"，并确定了"主席团"为领导机构，公推陈佩秋先生为筹委会主席，经主席提名，选举王晓卉为筹委会常务副主席（主持工作）。经王晓卉常务副主席提名，确定庞沐兰、班苓、曹香滨、唐秀玲、王小晖、韦红燕、王绿霞、范一冰为筹委会副主席，卢增贤为筹委会秘书长（后增补陈秀、喻慧、李传真、潘缨、刘丽萍为筹委会副主席）。这些都是巾帼骨干，她们紧密地团结在一起，用柔软而坚韧的力量，同舟共济，担负起无愧于时代、无愧于历史的光荣职责，使中国女子书画会更上一个台阶。

其次，规定了未来中国女子书画会注册登记成功后，经必要的会员大会选举流程，以上领导机构组成人员作为相应职位候选人当选新成立的中国女子书画会领导成员。

最后，会议还就秘书处驻地设立，筹委会成立后的首次重大活动等重要事项做出了决议，标志着重建活动进入了规范化发展之路。

　　筹委会的成立，会吸引更多更优秀的女性加入组织中。为她们提供一个展示自我、超越自我的舞台。也使大家能够互相学习、互相交流、互相切磋，以促进书画会会员增长见识、开阔视野、提高素质，力求搞出一些有气势、有规模、有影响的活动，为推进中国女子书画会艺术的发展与繁荣做出积极贡献。

　　不负众望，砥砺前行。如此盛举，必将成为书画会文化生活中的一件大事，必将给积淀深厚、形式丰富的中国女子书画文化增添新的华章。

■ 创新设计，解决分歧

　　在倡导文化多元化和价值共同体的社会构建中创作出极具时代特征与艺术风貌的优秀作品，中国女子书画会的重建极其有意义。可是，重建之路任重道远。

　　在大家的辛勤劳作之下，重建之路日新月异，是否就此顺利了？并不是，反而有着重重矛盾，重建之路上一度出现了杂音。

　　中国女子书画会如此有魅力，重建是块大蛋糕，其中的利益分配，成为大家关心的焦点。显然，新的筹委会领导机构的产生对重建最初的大部分参与人员是一个较大的冲击。她们万万没有想到，她们千辛万苦、兢兢业业地参与了两年多重建活动而取得的成果就这样白白拱手相送了，情何以堪啊！一时间，有些不能理解的筹备组重要成员指责声此起彼伏，甚至以消极或退出参与重建工作来表达不满，使此后上海筹备组的工作受到了一定的影响。

　　作为筹备组实际负责人的张国梁及卢增贤是这次引进名家加盟的主要决策者，当然免不了承担骂名的命运，但他俩并不责怪筹备组的同人，反而对她们心怀尊重，也理解她们的心情，想想曾经同甘共苦的两年多奋战岁月，将心比心，设身处地，找一个平衡方案也许是消除分歧的最佳途径。

　　张国梁、卢增贤夫妇坚定地认为引进女性书画名家加盟是达到目标的必由之路。中国女子书画会重建活动获得未来更大影响力和发展空间并进而成功，即使现在付出一些代价也是值得的，这一点必须毫不动摇。但为了最大限度地团结全体重建成员，形成合力，珍惜创始成员多年的不懈努力，对她们做一些适当的安排也是必需的。

　　于是，在取得筹委会王晓卉常务副主席的理解后，在张国梁的智慧设计下，处理分歧的一大妙招出台，完美化解了其中的矛盾。

　　中国女子书画会（筹）国际委员会（简称"国际会"）这个机构方案就诞生了。这个国际会的成员系重建活动创立开始至今由上海秘书处发展的全球女性书画家，领导班子实际上就是原来上海筹备组的核心成员进行改组而搭建。德高望重的陈佩秋先生仍出任名誉主席，庞沐兰和王晓卉担任轮值会长，卢增贤为常务副会长兼秘书长，另有彭月芳、杨娟、宋秋馨、毛冬华、姚意平、沈小倩、于茵、叶君萍等为副会长。这个方案既体现了中国女子书画会（筹）领导班子整体的统一性，又兼顾了前后两拨参与重建活动核心成员的荣誉和地位。同时，为体现加盟重建活动的知名书画家的艺术地位及与国际会会员有一定的区别，除加盟条件和待遇有所不同外，还称呼她们为中国女子书画会（筹）研究会会员，并限于户籍和常住地为国内的高端女性书画家，目前约有四十人参与重建活动，她们的倾情加盟，显著提升了重建成员的艺术档次，让"中"字头的女性书画家社团名副其实，将成员的地域分布更加扩散。她们的艺术情怀也就此发散开来，赋予中国女子书画会独特表现力，具有不可替代的价值和意义。

自此，筹委会解决了自身内部的分歧，团结一致，开始了新一轮的重建活动。继续带着曾经的荣耀，带着对美的追求，用自己的心血与智慧浇灌心花，绽放心智，奉献给这个时代光彩夺目的书画艺术，并不断添砖加瓦，丰富这座城市的传奇。

■ 云间芬芳，登高展示女性艺术

依偎黄浦江，满目外滩景。经过北京、上海两地筹委会秘书处精心准备，2018年9月26日，秋高气爽，天高云淡，由陈佩秋担任组委会名誉主席领衔，"戊戌金秋·含英吐兰——中国女子书画会（筹）当代著名女书画家作品邀请展"在上海云间美术馆开幕。下午三点，中国女子书画会（筹）副主席唐秀玲主持开幕式，并代表筹委会主席团隆重宣布：

> 今天是个平凡而又特殊的日子，值得全国的女性书画家及所有关心支持女性书画事业
> 发展进步的各界人士铭记。虽然从公元纪年角度讲，每年的9月26日，不过是无限时空
> 里不起眼的一个刻度，但今年的今天却是中国女子书画会的节日。幅员广袤的祖国大地上，
> 最有代表性的女书画家及作品齐聚举世闻名的大上海，在中国楼层最高的美术馆举办中国
> 女子书画会（筹）第一个学术性展览，实现了纵跨近一个世纪的四世同堂大聚会，这就赋
> 予了今天以极不平凡的意义。

唐秀玲女士是重建筹备组引进的重量级著名女画家成员之一，时为中国美协会员，山东美协副主席，中国国家画院唐秀玲工作室导师。她在参与重建活动后，倾其所能，邀请了诸多知名艺术家加盟，以艺术之力，发时代之声，还为重建活动的合法性提供了后援资源，建功无数。

值得一提的是，此次画展，陈佩秋先生特别携一件代表风格的花鸟画作参展，展现了老一代艺

术家对中国女子书画事业的支持与期望。一批八十岁以上的在新中国美术史上做出卓越贡献的女书画家，如常沙娜、单应桂、陈光健、何韵兰、庞媛、庄寿红等，也纷纷展示力作支持此次展览，为展览的成功举办增添了亮丽的色彩。

放眼展室，那一幅幅书法力作，舒缓大气，清灵秀雅，笔墨行处，诗情流淌，字里行间，豪情横溢。充盈着气韵的律动和奔突，也不乏严谨和法度。书画风格鲜活多变，气韵交融。或清丽娴雅，灵动隽永；或苍润劲挺，洁净明艳，女书画家多年练就的笔墨功力和坚持不懈的艺术追求，令人动容，引人赞叹！

本次书画展，可谓嘉宾云集，盛况空前，让人感受到中国的女性书画艺术备受关注。有包括来沪的北京老领导、部队老将军到会祝贺；时任上海市文联副主席兼上海市书法家协会主席周志高，时任上海书画院执行院长丁一鸣等在内的嘉宾二百余人出席了开幕式，共赴这场艺术之约。开幕式上宣读了中国美协分党组书记、副主席徐里和中国美协副主席何家英向书画展发来的贺电与贺信，对蓬勃向上的艺术女性探索不已、向光飞翔的永恒追求，赞赏不已，推崇备至。CCTV 书画频道、新华社、人民网、凤凰视频、腾讯视频等十六家全国和上海、北京地方媒体报道了本次展会，展示了活动的艺术魅力与会员的活力风采。

《新民晚报》记者乐梦融报道了这次展览盛况并对参展女艺术家进行了如下评述：

在上海举办新时代中国女子书画会的首次高端作品展具有特殊的意义。海派书画大师陈佩秋领衔本次画展，更加体现了此次画展的学术高度，在倡导文化多元化和价值共同体的社会构建中创作出极具时代特征与艺术风貌的优秀作品。上海中生代女性画家代表鲍莺和毛冬华参展，分别携带了最具代表性的花卉题材和水墨建筑题材，探索了中国绘画的语言。鲍莺的花卉效果释放出凝神后的唯美诗意，外露出海派女性画家独有的缜密、细腻、浪漫的审美意趣，毛冬华用玻璃幕墙"虚焦"了匈牙利建筑和桥梁塔尖，为她年末在北京的观海望京系列大展做了预热。

此次展览由著名书画大师陈佩秋先生领衔出展，全国当代最具代表性的著名女书画家五十二人参展。陈佩秋先生为画展亲笔题词，并亲笔为"中国女子书画会"题写了会名。陈佩秋先生因年事已高，未能亲临开幕式现场，为表达她的喜悦之情，还特地书写贺信一封，她在信中提到：

……昨晚徐迪旻馆长拿来了各位参展艺术家作品照片，我每一张都认真学习了，我从心底里被你们弘扬传统文化，传播艺术真谛、创作精美作品、抒写伟大时代的那种为艺术而奋斗的精神所感染！海纳百川、追求卓越、开明睿智、大气谦和是上海城市精神的体现，上海正在为"文化上海"这枚金牌奋发努力，明年也是中华人民共和国七十周年大庆，中华民族迎来了伟大复兴的最好时机，文化的地位、作用被提升到前所未有的高度。这要求

重建的故事

我们广大文化工作者进一步坚定文化自信，进一步提升作为文化工作者的底气、骨气、志气，牢记文化使命，增强文化担当，勇于创新创造。我也是一个新上海人，特别喜欢上海，作为一个九〇后的艺术工作者，我愿意向大家学习、希望我们中国女书画家们与男士们一起，齐心协力，为我们这个新时代，为国庆七十周年、为中国共产党建党一百周年创作最新最美的作品，向世界展示中国女书画家的才华……

当天晚上，参展女艺术家集体去看望了陈佩秋先生。据有关人士描述当时的情形如下：陈先生兴致颇高，与女书画家畅谈交流，共叙中国女子书画会的前景，并对书画会寄予深厚而殷切的期望。陈先生对中国女性书画家的探索创新给予充分肯定，并对中国女子书画会的前景充满信心。她不仅有"老骥伏枥，志在千里"的逸兴遄飞，更兼"有朋自远方来，不亦乐乎"的喜出望外，她优雅中带兴奋，童心里有慈祥，使做客陈先生工作室的女画家如沐春风，备受鼓舞。陈佩秋先生与女书画家畅谈合影，留下了宝贵的瞬间。

金风送爽，翰墨飘香、这次画展总体上来说是京沪两地重建筹备会成员通力合作的成果，但在举办过程中也有一些小插曲。例如，主席团批准参展的上海女画家仅有六人，除主席团成员陈佩秋、庞沐兰、卢增贤外，再邀请中国美协会员毛冬华、鲍莺及特批刘毅参展。张国梁、卢增贤向王晓卉提出，增加特批重建筹备组内上海籍的几位副会长参展以作为她们对重建活动的贡献回报。第二天，王晓卉无可奈何地答复："主席团集体讨论后告知，这次是著名女画家邀请展，门槛较高，原则上只有具中国美协会员资质的女画家才能入选，这次画展已特批了几位资质尚缺的女画家入围，但都有特殊原因，不便特批更多，主席团担心画展名不副实。希望能跟上海几位副会长做些解释，将来有其他机会一定帮她们争取。"王晓卉转达的是主席团集体讨论的结果，事已至此，张卢两人从大局考虑也不再坚持。首先，这次画展是重磅回归，引进名家加盟，新筹委会成立后的首次高端活动，事关京沪两地重建成员的合作成败。入选艺术家艺术造诣必须达到一定水平。其次，该活动由北京方面主导，经费也是北京方面出了大头，话语权同出资权相配，尊重北京方面的决定也属正常。只是上海几位副会长未能参加此次画展的遗憾，张卢二人只能费尽心思，予以解释，等大家冷静下来之后，最终都得到了理解与支持。

1934年4月，中国女画家的第一个美术社团——中国女子书画会在上海成立，会员有冯文凤、李秋君、陈小翠、何香凝、陆小曼、吴青霞等一批颇有才华的女性书画家，开启了近现代美术史上女性绘画的篇章。八十四年后的今天，幅员广袤的祖国大地上，当代具有代表性的女书画家及作品齐聚上海，在上海环球金融中心，在中国楼层最高的美术馆——上海云间美术馆举办最新批准成立的中国通俗文艺研究会'中国女子书画会'研究委员会（简称"中国女子书画会"）的第一个学术性展览。"戊戌金秋·含英吐兰——中国女子书画会（筹）当代著名女书画家作品邀请展"的开幕，实现了中国女性书画家纵跨近一个世纪的四世同堂大聚会。

本次画展将中国女子书画会的重建活动推到了一个新的高度，使"中国女子书画会"的品牌影响力进一步扩散至全国各地，确立了在中国美坛的地位。事实证明，张国梁、卢增贤两人力争引入名家加盟的方针为中国女子书画会的重建高质量活动打开进一步发展的新空间。

九、坚持理想，圆梦今朝

■ 乔迁福地，全新起航

在一个春意盎然的日子，公司在创意园举办了盛大的乔迁仪式，并在大门口挂上"中国女子书画会（筹）上海活动中心"的牌子。筹委会将在一个宽敞明亮有设计感的办公环境中工作，迎接新的挑战。

2019年春节过后，卢增贤接到一位老朋友的电话，说他已退休，现在受聘在一家有实力的企业发展文化艺术项目，硬件条件不错，欢迎中国女子书画会重建筹备组与其共同开展艺术活动。这位老朋友就是上海刘海粟美术馆原书记，后调任上海市非物质文化遗产保护中心书记，并在该任上退休的陈梁先生。陈梁早在重建筹备组于2017年5月在上海图书馆举办首次书画展前就通过朋友介绍同卢增贤结识，也通过他的推荐，筹备组以优惠的价格选择了上海图书馆作为首展的场地。这次他亲自表达合作意愿当然须认真对待，张卢两人就择日前往他的工作场所。

这处园区位于上海龙华路2577号创意大院，离沪上著名地标龙华寺不远，最早为清朝洋务运动时期李鸿章创办的江南枪炮局，也是第一家中国工业设计院所在，有"中国西洋艺术摇篮"之誉。从现存的多座厂房外观尚能观察到当年的辉煌，现在进行了文化提升改造，据其历史背景与文化底蕴，注入新的人文元素，已成文化创意园区，有多达数十家文化艺术、设计、软件、互联网等现代都市产业领域的中小企业入驻，在蝶变新生的创业园区，能感受到整体欣欣向荣的氛围。该园区距多条地铁线路的站点不远，出行极为便利。

陈梁的朋友在该园区内租下了两栋楼，面积有数千平方米，进行互联网商务和文化艺术品经营业务，规模不小。这位企业家朋友不仅喜欢艺术品收藏，也有将部分公司业务向文化艺术品经营转向的战略思考，如果能借助一个有影响力的文化品牌，使其文化艺术品板块的经营业务迅速崛起将是一个不错的选择。恰逢"中国女子书画会"已重新走出了历史，其厚重的历史故事因重建活动已经形成了一定的品牌效应，如果将此品牌效应植入相关的企业活动或相关产品设计中或许会取得令人意想不到的效果。获得这种机会的代价又是如此之低，聪敏的企业家是不会看不到这点的。所以，筹委会很快就同这位聪敏的企业家达成了合作意向，他无偿向筹备组提供（双方共享）其现有的硬件设施，包括展厅、会客厅、多功能厅、办公室等，在筹委会举办画展或其他活动时可提供资助，让她们的想法、艺术与热情找到属于自己的交流平台。这里可以举办丰富多彩的活动，无论是酒会还是艺术鉴赏、写意生活，都可以从这里出发。

他的文化公司可以取得活动冠名权，并根据经营活动需要植入"中国女子书画会"的品牌效应，在其大门口挂上"中国女子书画会（筹）上海活动中心"的牌子。这是一个双赢的合作，既节省了筹委会重建活动的费用开销，也让筹委会有了一个功能齐备、持续开展各项重建活动的新家，并开创了今后同其他社会机构或企业合作共赢的成功模式。打造一个激发无限灵感的互动集合地，致力于打造一个活动与创意的机构。

乔迁之后的道路任重而道远。挑战既是困难，更是机遇。乔迁是个起点，期待后面完美的蜕变。书画会要抓住机遇，迎难而上，开创崭新时代，重新启航。

■ 发展新秀，聚焦艺术女性新力量

新的征程已经开启，进军的号角也正式吹响。有了 9·26 画展成功举办的底蕴和积淀的资源，筹委会决定借助活动中心的功能条件，再掀起一股重建活动的艺术高潮。

迁入新居后，筹委会为适合现有设施能举办中等规模的书画展，自行投入资金对展厅和多功能厅进行了改造，经过三个多月的装修，一个焕然一新的美术馆和开幕式大厅呈现在重建成员们面前。

社会的进步迎来了艺术的蓬勃发展时代。2019 年是中华人民共和国成立七十周年，自四年前启动以来，重建活动也举办了三次重大书画展，那么今年如何向中华人民共和国华诞七十周年献礼呢？筹委会就此展开了热烈的讨论。大家最后达成共识，一致认为，"青年兴，则国家兴"，国家未来的希望在于青年，中国女子书画会重建的希望也在于青年艺术家，尤其在数字时代，青年的女艺术家未来可期。回顾以往的历次活动，筹委会常将目光聚焦于崇德尚艺，潜心耕耘的老艺术家身上，忽略了对青年艺术家的关注，今年必须做一次向青年艺术家倾斜的活动，于是，为聚焦女性艺术新力量，丰富人们对女性艺术的认知维度，一个创新的活动方案应运而生。

围绕庆祝中华人民共和国成立七十周年主题，举办了 2019 中国当代女子美术新秀提名展，旨在检阅改革开放以后出生的新生代女画家跟随时代进步的足迹，发现和提携其中的佼佼者，推动年轻艺术家参与建设社会主义文化强国，实现中华民族伟大复兴的中国梦而贡献自己的力量，展会推荐或遴选了来自全国二十个省市，技术一流，德艺双馨，发展前途远大，作品升值空间广阔的五十余名中青年"学院派"美术新媛参展并角逐"2019 中国当代女子美术新秀"荣誉称号。美术新秀带着知性与激情，带着对艺术的敬意，纷至沓来，穿行于流光溢彩之间。此次活动参展人数众多，形式丰富，画种各异，筹委会自身的展厅已难以容下，故设置了 7 月和 11 月两场展出。7 月 28 日开幕式及 7 月展会在自身活动中心举办，中国美协闫平副主席和中国通俗文艺研究会楚水会长等其他专家领导分别发来了贺信、贺电，上海市美协原副主席、上海师范大学美术学院院长、著名画家俞晓夫，上海市文广局原副局长王小明等文化界、企业界、收藏界近百名艺术爱好者应邀出席了开幕酒会。11 月 16 日，闭幕式暨颁奖典礼在上海地标建筑——中华艺术宫对面的博源美术馆隆重举行。中国通俗文艺研究会楚水会长在闭幕式上致辞，中国女子书画会秘书长卢增贤女士宣读了书画艺术家陈佩秋先生的贺词。著名画家闫平、李晓林、王晓卉、班苓等专家为获奖美术新媛颁奖。青年艺术家积极参与，将自己朝气蓬勃的精神面貌积极展现了出来。

本次活动全程，使人联想到诞生在八十五年前上海的中国女子书画会，以其汇聚了众多高雅清秀、多才多艺的女艺术家而声震近代中国美坛。如今，她们的衣钵似乎已被传承，当代的美术新媛正在成长，缓步踏上中国书画界的舞台，并注定将续写女性书画艺术的历史。

本次活动组委会设置了"最高皇冠奖""飞天卓越奖"等颇具女性色彩的奖项及精美奖杯、获奖证书，这是对她们所取得的成就给予肯定和激励。中国女子书画会（筹）常务副主席王晓卉女士主持了随后召开的艺术研讨会，著名画家苏百钧教授和李晓林教授与年轻女画家共同畅谈创作体会。本次展会成为中国女子书画会重建以来所举办的数次活动中，评委专家层次最高、活动规模最大、影响范围最广的高水准艺术活动，得到了业内人士和社会公众广泛的好评，而对筹委会来说价值更大，重建队伍增添了高水准的年轻血液，成员结构更加合理，更使重建事业后继有人。用艺术点亮人生，为艺术夯实基础，一同构筑属于自己的更美好的明天。

■ "聚力她力量，艺起抗疫"

2020 年，注定会定格永恒，载入史册。这是一幅风雨同舟的画卷。携手并肩，闯关夺隘，合奏

重建的故事

出一曲荡气回肠的壮阔乐章。

2020 年 1 月，中国大地突遭新冠病毒大规模袭击，不多时，从武汉蔓延至全国各地，形势严峻，人们谈疫色变。

疫情牵动人心，艺术传递温暖。1 月 30 日，筹委会召开会议，决定响应党中央号召，承担起艺术家应有的社会担当，"笔墨聚力，艺起抗疫"，传承中国女子书画会参与民族救亡和公益慈善活动的优良历史传统，结合艺术家自身特点，组织会员拿起笔墨，创作疫情防控宣传画，由秘书处编辑《中国女子书画会·疫情防控宣传画选用集》电子画册，供全国各地城市疫情防控指挥部在当地媒体、公共场所、社区、隔离防治医院等需求单位宣传使用。

用通俗易懂的图片形式，介绍防控病毒知识和方法，讴歌白衣战士逆行壮举，赞扬志愿者无私精神，从精神上助力疫情防控战役。这次活动从发布通知到女画家创作投稿、编辑发布仅仅用时十五天。2020 年 2 月 15 日，电子画册编撰完成并上线发布。这一创新性活动得到了众多有关部门领导的赞赏。特别需要指出的是，广大重建成员不仅踊跃参与这次爱心公益活动，以墨传情，创作疫情防控宣传画，女画家并将抗疫战中一个个平凡而动人的细节，以细腻的情感、细微的观察表达在笔端。还纷纷捐款，支持秘书处编辑出版电子画册（详见荣誉榜），以实际行动彰显薪火相传的精神。

■ 旗手仙逝，国香无绝

"春兰兮秋菊，长无绝兮终古。"（屈原《九歌·礼魂》）"无绝"是陈老师爱用的一方闲章。人生有涯，艺术无绝，国香永流传！

2020 年，注定是中国女子书画会历程中的悲哀之年。霏霏梅雨江南暗，6 月 26 日，中国女子书画会（筹）主席陈佩秋先生安然仙逝，平静地离开了她的亲人和为之热爱的书画艺术。张卢夫妇代表筹委会于 6 月 27 日上午前往陈佩秋先生追念堂祭拜，敬献花篮，表达了诚挚的哀悼与追思，深切缅怀陈先生的丰功伟绩，并代表筹委会全体成员及秘书处向其家属致以慰问。追忆往昔，陈佩秋先生对于中国女子书画会重建的谆谆教诲言犹在耳。作为中国女子书画会重建以来唯一存世的民国时期老会员，陈先生以其高风亮节的为人气度，坚定不移地支持中国女子书画会的重建，为重建工作做出了卓越的贡献。她始终是中国女子书画会的一面旗帜，引领着特立独行、意气风发的女性艺术家们。

正如当代艺术界的评价：陈佩秋的艺术创作出入古今之间，做到了"笔墨当随时代"，载入中国近代绘画史册，并将中国女性画家的绘画成就提升到新的高度。陈先生的离去是中国女子书画会重建工作重大的损失，她是中国女子书画会两段历史的联结者，无人能替代她。为此，筹委会决定在中国女子书画会完成重建工作，获批正式注册登记的那一天，追授陈佩秋先生"中国女子书画会永世荣誉主席"的称号。

七十年峥嵘岁月，人们将记得有这样一位老艺术家，用行动诠释了坚守崇高，心怀艺术信念的优秀品质，她会永远载入中国女子书画会历史典册。

十、九十周年庆典

■ 疫后首展

人类近代历史上波及地域范围最广，对民众生活影响最深远的一场新冠疫情足足肆虐了全球三年才逐渐退却，人们从惊恐中缓慢而小心翼翼地重回疫前的生活方式。街头人群多了起来，酒店重新开业了，地铁不再空空荡荡，电影院又有人光顾，超市熙熙攘攘人头攒动，美术馆也久违地展出作品，社会就像一具久病初愈的身体，虽然尚现虚弱，但仍坚毅地挺直了腰杆脊背，勇敢地跨步前行。

中国女子书画会重建活动受疫情影响也同其他社团一样画上了中止符。但 2023 年 5 月，习近平总书记在文化传承发展座谈会上关于对我国优秀的文化遗产要"以守正创新的正气和锐气，赓续历史文脉，谱写当代华章"的讲话精神，如同吹响了振兴中华优秀传统文化的号角，激励了筹备组的信心，一扫三年疫情的颓势，决定借助 2024 年是中国女子书画会成立九十周年契机，举办一场全国多城联展，重振气势，同时编辑出版记述八年重建活动的纪实性图书，为重建活动做了一个阶段性总结，并为登记注册作好铺垫。

于是，2023 年 9 月，在"中国女子书画会"研究委员会王晓卉常务副主席的筹划下，作为 2024 年纪念中国女子书画会成立九十周年举办的全国联展"薪火相传·中国女子书画会前世今生风采展"前奏曲，"含英吐兰"——当代中国女画家特别展于 2023 年 9 月 23 日开幕，展会在深圳市光明美爵酒店 22F 瀚文艺术中心举行，这是中国女子书画会重建活动在受新冠疫情三年影响而暂停后的第一次公开亮相。本次画展展出六十余幅精品佳作，集中展现了十四位著名女性艺术家不同时期的作品，题材跨越人物、花鸟、岩彩、工笔，兼容传统与当代，可谓各美其美，美美与共！

■ 设立写生创作基地

建立中国女子书画会创作培训基地一直是筹备组开展重建活动以来的夙愿。重建活动初期，因将主要精力放在吸收加盟、引入名家等事务上，未对建立基地投入更多的关注而久久未能如愿。

2023 年 10 月下旬，受河南平顶山市杨俊老师的邀请，张国梁、卢增贤一行造访了平顶山。这是一次计划许久但终于成行的考察工作，目的有两个：一是看看平顶山是否有条件主办 2024 年中原地区的联展；二是考察一下平顶山是否有合适的写生创作基地。

杨俊老师出身于知识分子家庭，受家庭熏陶，从小喜爱文学创作，也酷爱中国传统书画艺术，供职于平顶山司法系统，为业内优秀专业干将，业余时间也写字作画。她在加盟中国女子书画会重建活动前就从典籍和网上了解到该社团的许多详情，对其中多位艺术名媛推崇备至，对自己能投身重建活动，成为新中国女子书画会的重要成员而自豪，一再向张国梁和卢增贤表示，愿竭尽全力为重建活动出资出力。

一个自发重建的民间艺术社团，除了有一批艺术造诣高超的骨干成员外，还要有一些热爱社团、勇于奉献的重要成员，或许她们在艺术造诣上暂时略逊一筹，但她们的坚定支持是社团能持续生存和发展的重要力量。因而，对于像杨俊这样有着无私奉献精神的艺术爱好者（未来在艺术大熔炉中熏陶成艺术家也是有可能的）是不可或缺的，筹备组必定欢迎加盟并予以重用。

经过三天考察，张卢一行发现平顶山并非像以前印象中的老工业城市，而是一个焕发勃勃生机，不缺发展前景的地级城市。该市秀丽的山景，干净便捷的道路，宏伟的城市艺术中心，市民宽敞整洁的住宅，深厚的中原文化底蕴均给他们留下深刻的印象。除了适宜主办 2024 年的中原地区联展外，今后还可以主办中国女子书画会在完成注册登记后的全国大展。更令张卢一行感到意外的是，平顶山还保存有国家级传统村落——李渡口村可作为未来中国女子书画会的写生创作基地。

坐落于千年古县郏县县城东北 8 公里处，位于中国历史文化名镇且素有"小上海"之美誉的中州名镇冢头镇西北边缘的文旅古镇——李渡口村，呈现在艺术家的眼前，将成为艺术家的创作源泉。

李渡口村，三面沃野，一面依水，一向有"东列黄岗千古秀，西邻蓝河万代青"的美誉，是一个具有较高的建筑史学价值和艺术价值的传统古村落庄。古时候蓝河漕运发达，因渡口而形成村落。明末清初，逐渐发展成远近闻名的商贸集聚地。寨内人口逾千，商号几十家，四方陆路，车如流水，骡马相连，生意兴隆，人流不断。当时有屠行、酒馆、药铺、花行、染布行和弹花机工房等加工作坊，又有以李冠儒为首的卷烟机厂、冀中毛和李才娃旅馆、李老陈和王清现银货以及李风朝煤行等工商业，当时极为繁荣。

李渡口村现保存较完好的传统建筑八百三十间，其中明清建筑六百三十间，总建筑面积两万多平方米，代表性建筑组群有二十多处，且大部分保存完整，堪称一座内容丰富的"明清古建筑博物馆"。

张卢一行认为，平顶山市山景、温泉、古村落、艺术馆及低廉的物价，综合构成了设立写生创作基地的条件，建议杨俊老师进一步制订写生创作基地的运行方案，便于秘书处下一步决策挂牌公布。至此，中国女子书画会筹备组确定了第一个写生创作基地，也为 2024 年的联展确定了第一个举办城市。

■ 庆典活动准备就绪

早在 2023 年 5 月 23 日，张国梁、李国良、沈柯良等董事局成员会同顾肖峰等一众朋友在无锡鼋头渚公园吴韵雅居组建了新一届"中国女子书画会（筹）后援团"，近期工作目标是协助中国女子书画会（筹）策划在 2024 年举行"纪念中国女子书画会成立九十周年"庆典活动。该活动主要包括：1. 多城联展"薪火相传·中国女子书画会前世今生风采展"；2. 编辑出版《唤醒的历史——中国女子书画会重建活动纪实》图书。目标为加快争取在境内登记注册，打开重建活动新局面。

经过三个月的反复磋商，筹委会终于基本敲定了 2024 年联展的城市及承办人，包括上海站、江苏无锡站、中原地区平顶山站、台湾台中站、广东深圳站等五个城市。尚有浙江绍兴站、澳大利亚墨尔本站、新西兰惠林顿站、宁夏银川站等四个城市在策划中。

同时，图书出版发行工作也得到落实。秘书处制订了重建成员参与图书出版发行工作活动的规则，得到了六十余位成员的积极响应，为顺利推进并圆满完成出版工作奠定了坚实基础。张国梁代表秘书处同上海文汇出版社签订了出版发行合同，商定了出版工作细节，并稳步推进，预计将在2024 年 8 月正式出版发行。

■ 重建活动圆满收官

2024 年，这又是一个充满希望的年头。疫情已逐渐地远去，经济也缓慢地复苏，人们又满怀憧憬。筹委会也不例外，展开了雄心勃勃的行动计划。

纪念中国女子书画会成立九十周年，"薪火相传——中国女子书画会前世今生风采展"境内外多城联展于 3 月 8 日在无锡 / 江苏站拉开序幕。3 月 22 日，台中 / 台湾站紧随其后，也在岭东科技大学艺术中心开幕。台湾站的举办，体现了中国女子书画会重建活动为两岸艺术家共同传承中华优秀传统文化做出了重要的贡献。此后 4 月，墨尔本 / 澳大利亚站，上海站、平顶山 / 中原地区站；5 月深圳 / 广东站、新昌 / 浙江站、宁夏 / 银川站也相继揭开帷幕。本次多城联展历时两个月，共有二百余名艺术家参展，展出作品二百九十五幅，再次在境内外形成巨大的反响。

5 月 10 日，筹委会决定启动在上海注册登记"上海女子书画院"申请工作。

该机构系非营利性民间非企业单位，作为中国女子书画会在境内的姐妹机构，实施组织会员活动并为会员提供各项服务之职能。创始发起人共十人，庞沐兰（院长），卢增贤（执行副院长），其他副院长为彭月芳、叶君萍、杨娟、宋秋馨、毛冬华、曹琳，秘书长为黄斐云，副秘书长为杨俊。

至此，中国女子书画会历时九年的重建活动圆满收官，真正从历史中走了出来，开始展开更绚丽多彩的一页。

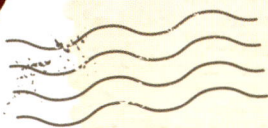

第四章

发展的愿景

▶ 兴建"中国女子书画会艺术馆"

外观造型按原会址外貌风格（见效果图），总占地面积五千平方米。选址上海郊区交通相对便利之区域。艺术馆建筑面积不小于三千平方米。其中，两千五百平方米馆舍具以下功能：

1. 原中国女子书画会历史资料及代表作品图片陈列厅；

2. 多媒体厅观看原老会员、当代会员及作品介绍；

3. 书画家专业展厅；

4. 书画培训进修厅；

5. 书画爱好者艺术交流之家。

五百平方米作为管理用房。艺术馆外配套花园一千平方米，停车位约一千平方米。艺术馆将成为上海市涉外旅游定点景点及中华传统文化遗产展示点。

效果图

效果图

设计者：上海缔赞建筑设计有限公司唐枫

▶ 拍摄《中国书画名媛》多集系列短视频

选择多名前后两代具代表性的成员,将她们精彩的人生故事拍摄多集连载短视频,将中国女子书画会的故事传播到全世界。

本页人像仅做举例,并不构成实际策划

▶ 发行"中国女子书画会纪念邮票"

虚拟设计邮票

发行纪念邮票是一种迅速扩大影响力的有效方式。中国女子书画会历史悠久、源远流长,在中国美术史上占有重要的地位,具有重大的历史纪念价值。本会拟在完成境内登记注册后向中国邮政总局申请发行"中国女子书画会纪念邮票",将新中国女子书画会的影响力快速向全世界传播。

第五章

亮丽的风景

　　"山不在高，有仙则名；水不在深，有龙则灵。"中国女子书画会启动重建活动九年来，已有众多来自五湖四海的女艺术家加盟，有的加盟时就自带光环，声名远播；有的加盟时虽名不见经传，但潜力非凡；有的加盟时系初出茅庐，功夫尚浅，如此等等。

　　本章"传承重建经典成员风采录"和"当代活跃成员风采录"选自参与重建活动的女艺术家当中对中国女子书画会前辈艺术家最具敬仰、对重建活动最坚定支持、对重建事业最具贡献的成员，将她们的人生精彩故事或对艺术的追求精神与读者分享。

　　本书是真实记载重建中国女子书画会九年以来活动概况的纪实性图书，出品人选编风采录成员系本着采取"故事性强"和"供稿自愿"两大原则，对未录入风采录的其他参与重建活动的成员并无歧视和不公平对待，她们或许有种种原因未接受征稿邀请，但丝毫不影响她们对重建活动所做出的贡献及在新中国女子书画会中的艺术地位。

　　通过选编风采录，可以发现新中国女子书画会九年的重建历程中，像凤凰涅槃那样，在浴火中重生。平台自身逐渐发展壮大，参与重建的不少成员也在平台的发展中进步神速，数不胜数，令人惊叹！有希望实现重建初期的目标，"我们有信心、有毅力将中国女子书画会重建为当代华裔世界阵容最强、规模最大、艺术水准最高的新生代女性书画家精英俱乐部，成为中国乃至世界艺术界一道亮丽的风景线，还将在中华民族女性艺术史上留下浓墨重彩的一页"。

▶ **当代经典成员风采录**

庞沐兰

1974年开始随谢稚柳与陈佩秋先生学习中国画及鉴定，擅长工笔花鸟。1981年赴美国留学。1993年担任美国中华书画学会理事，1994至1995年连续受聘为该会监事。作品多次参加国内外展览，并被国内博物馆收藏。现为上海海派书画院画师，上海市华侨书画院理事，上海市华侨基金会理事，上海市收藏协会副会长，上海龙华古寺华林书画院副院长，上海市美术家协会会员，上海市海联会常务理事，上海谢稚柳陈佩秋研究会常务副会长，中国诗书画研究会上海分会副会长，上海陈佩秋公益基金会理事长，陈佩秋"叠彩绘画技法"非遗传承人，中国女子书画会（筹）国际会长。

淡雅沐兰绘君子
——记海派知名画家庞沐兰

水墨兰花，名列国画四君子梅、兰、竹、菊之一，是中国花鸟画中的一个特殊门类，在中国画中占有重要地位。从中国传统美学来看，兰品被当作人品的象征。庞沐兰正是这样一位喜好幽香清远的兰花，向往幽谷净土之理想境界的中国花鸟画家。

沐兰女士自幼喜爱绘画，1974年高中毕业后即跟随画坛宗师谢稚柳、陈佩秋先生学习古书画临摹及书画鉴定，也时常陪同二老外出写生。众所周知，谢稚柳和陈佩秋先生在绘画上对宋代书画非常推崇，这种思想自然灌输给沐兰女士。所以，她对宋代，特别是南宋花鸟画下了一番苦功，这也为她艺术造诣的提升打下了扎实的基础。同时，作为当代著名书画家谢稚柳和陈佩秋先生的儿媳妇，沐兰女士在学习绘画艺术的道路上，确实也是近水楼台，受益良多。

1980年，沐兰女士赴美国留学并定居，在美期间她热心于弘扬祖国传统书画艺术。1993年起沐兰女士担任了美国中华书画学会理事，并连续两年受聘为该会监事。美国中华书画学会在北美的华人艺术圈内享有较高的知名度，是在美国的中国书画艺术家交流的中心，同时也是一个权威的学术机构。她任职期间，积极参与和组织各项艺术活动，为祖国书画艺术在国外的发扬光大不断付出自己的辛劳。

沐兰女士是归侨，回国后便热心于政协工作。作为代表侨界的政协委员，在传播祖国传统书画艺术、促进文化

艺术产业化发展等方面倾注了很多心血。她积极参加政协组织的各项活动，在政协会议上建言献策，不断发挥着自己的专长。繁忙的工作之余，沐兰女士还积极参与社会慈善和公益事业。2002年起，她多次参加"蓝天下的至爱"慈善义拍，为救助患白内障的贫困老人重见光明献上爱心。2002年12月，她协办了由静安区文化局、上海书法家协会、圆明讲堂主办的"弘一大师书法展"。2004年海啸灾难降临，她还和陈佩秋先生一起捐赠了善款。

兰花又曰君子兰，有洁身自好等特点，沐兰女士有着这样一种兰花情结。她笔下的兰花散发出来的是淡雅与清幽。在物欲横流的当今社会，沐兰女士固守着一份君子兰的超脱，始终拥有着拯救和温暖心灵的力量。

摘自《静安统战》

卢增贤

中国美术家协会会员，中国工笔画学会会员，上海美术家协会会员，上海书画院签约画师，上海吴昌硕艺术研究会理事，河北东方学院客座教授，中国女子书画会（筹）国际会常务副会长。

1961年生，祖籍浙江湖州，出生并居住于上海，华东师范大学美术学毕业，从事艺术设计、美术教学和专业绘画四十余载，以入室弟子身份拜吴昌硕画派第三代传人曹用平先生和著名书画艺术家陈佩秋先生为师。

青年时期以油画印象派入手，兼作国画宋元花鸟及吴派大写意。后专于现代工笔画创作，原创作品十余次入选国家级和上海市画展，并多次获奖。近年醉心研究创作现代岩彩作品。各画种作品被多家艺术馆/博物馆/艺术机构和私人藏家收藏，2021年部分作品入选澳门邮政发行的特种邮票。

2015年倡议发起重建中国女子书画会并成为重建活动主要推动者。

梦幻与现实
——看卢增贤近期画作有感

她，天马行空的艺术家，在梦幻中不知不觉地度过了数十载人生。她的世界大如广袤的草原，寂静的山林；小如馨人心扉的花鸟，精致的花瓶、杯盏。她视艺术为生命，奔放、执着，随梦而来，伴云飘去。

现实与虚幻交织，时间与空间错配，过去与未来重叠，常常出现在创作冲动带来的意境中。艺术不会拘泥于表现具象世界，她更渴望短暂地与现实保持一定的空间距离去描述梦幻中的物事，并沉浸在每一幅作品完成后的愉悦中。

她喜欢探索追求当代艺术语境百花齐放的更多可能性，把年轻的艺术心态对可追述的记忆根源做出新的话语诠释，带给公众新奇的视觉盛宴。诚然这种探索有时并不一定会获得喝彩，但不会阻挡她对艺术孜孜不倦的追求。

上海是中国现代艺术主要的发祥地，也是中西文化艺术融汇发展典型的海派文化诞生地。她生于斯，亦长于斯，深受海派文化浸染，并时时有意或无意地将铭刻心底的影响表现在她的绘画作品、服饰打扮、收藏爱好中。

具象作品参入了抽象技法才更引人入胜，传统艺术融入了现代元素方更受时代的欢迎。她深悟其中的奥妙，并不时将这理念运用到中国画、岩画、油画、连环画等美术创作中，有个别艺术同仁难以理解，她却不以为然，自得其乐。

创作之余，约上三五知己，泡杯咖啡，品尝新品甜点，

《浪漫与复古》
520cm×820cm 2018 年
现代工笔画 纸本设色

《江山如画》
211cm×147cm 2018 年
现代工笔画 纸本设色

《恋恋香雨》
820cm×110cm 2018 年 纸本设色

聊聊时尚，交流一下绘画技术，探讨艺术传承
与创新的心得和艺术家的社会责任。她似乎又
从梦幻中回到了现实，并意识到现实才是艺术
创作的灵感源泉，与时代同行是艺术创新的必
经之路。

鱼丽

彭月芳

1953 年生，祖籍江苏宜兴，出生并居住于无锡。

结业于中国花鸟画研修院，长年随齐白石第三代传人刘存惠教授学习当代写意彩墨画，是著名画家顾青蛟先生的入室弟子。擅长于写意花鸟画，笔下的荷花更是独具个性。2021 年撰写的论文《浅谈中国花鸟画技法发展继承研究》发表于《中学生学习报教研周刊》49 期，被中国知网全文收录，并荣获全国优秀教育教学论文一等奖。出版有《中国画技法入门彩墨荷花画法》。绘画作品多次获奖，并刊登于各种书画期刊，热心参与公益活动，多次个人出资举办书画展。现为中国工艺美术家协会会员，江苏省花鸟研究会会员，无锡市书画院特聘画家，无锡市美术家协会会员，钱松喦艺术研究会理事，中国女子书画会（筹）副会长。

心生莲相说月芳

月芳老师是我的同门师妹，了解和熟知还是从她的莲花作品起缘。

月芳师妹是个不爱多言语的人，但你如有机缘走进她，你一定会被她那特有的淡淡的温和雅致的气质所打动。我熟知她是个饱览群书的画家，从少年起，书就成了她生活中不可缺少的一部分，当我第一次走进她的书房之时，对其藏书的留念之意顿生，古今中外，名作经典，洋洋大观，目不暇接。也许，她的画格、气质、心相是由此养得的吧。读书多了，其心也就自然养的丰富了。

月芳师妹善画大写意花鸟画，偶作西画，尤以画荷的作品见多见长。她博取众长，历代画荷大家的传世佳作给了她丰富的营养，徐谓的奔放能收，八大的严谨能放，都深深地影响着她的创作实践。看她的《荷塘系列》作品，那充满自然生命活力的莲塘情境会自然地让人想起"接天莲叶无穷碧，映日荷花别样红"的诗境。那盛夏渐入秋境的荷塘，虽是繁华落尽，但在她的笔下，却展现出生命的另一种永恒又真诚而纯朴的壮美。看她的冬日之荷，那种铅华洗尽，一种时光转换让生命又凝固成一种新的姿态，那朴茂沉雄的生命不是从艳丽中求得而是从气节里获取，自然的精魂被风干了，风干成一首诗，一段话，一个轮回，永恒的生命之相跃然纸上。

月芳老师是一个进取心很强的人，从南方到北方孜孜求学，博采众长，读万卷诗书，游走于传统与现代的创作理念之间，众多展事里都会见到她的写意佳构。她还担任中国女子书画会副会长一职，广结艺友，勤于交流，

《艳色招飞雀》
138cm×69cm 2020 年 纸本设色

《池荷过雨泻清波》
138cm×69cm 2022 年 纸本设色

乐于奉献，乐此不疲。

　　月芳老师的作品，无论是丈幅还是尺幅小品，其整体架构均着重于气与势的表达。她常常放手水墨互破，大胆用白，乘兴留象，随意造境。她还巧用多变的传统皴法借助多种介质，水墨互破，致使机、趣、缘在交融中和而不同，真味可循。从她的《雨湿江南》系列荷花作品中可见一斑。由于她善将传统技法与不同材质在画面中的混用，其作品又极具"大象无形"之意义。她的荷花，往往以色彩的错落与互动以表现物象内在情趣为根基，贯穿于中国画的传统技法技巧之中，所以她的画总让人觉得有一种新颖的灵感，这与"养心"有关。

　　荷花，佛下莲座那样神圣的安详与净洁，眼前如佛，心花如佛，在我的眼里月芳师妹又是一位特别善良可敬的画家。

　　荷花是优雅圣洁的象征，画者用心处便是自得，而能让他人感动亦是心灵的相互照应。

　　以文养心，以心作画，以善为喜。月芳老师践行得很好。

陈太明

江苏省文联文化艺术中心研究员、江苏省花鸟画研究会理事

中国人物画家的思考

杨娟
（涓子）

大学教授，国家一级美术师，中国美术家协会会员，中国女画家协会理事，中国女子书画会（筹）国际会副会长，北京国博文化遗产研究院研究员，北京荣宝斋特约画家，天津画院签约画家。出版四部美术专业教学用书和多部个人画集，发表多篇专业学术论文，数幅作品参加国内外学术展并部分获奖，作品《眸》搭载"神州七号"飞船遨游太空，完成一幅高1.8米、长108米《黄河魂》中国人物画长卷创作作品。

身为中国人物画家和高校教师，具有双重身份的艺术追求者，在美术创作和教学实践过程中，逐渐对中国画绘画语言、思想观念以及创作主题产生一些深度思考。

首先，中国画写意精神的内涵追求以及主题思想的正确表达是我不断探研和整合的目标方向。因为，深知写意人物画家所具备的基本素养应是生命精神的理性质解和感性阐释，既要再现社会生活中的文化现象，又要表现人类生存意义和对未来世界的精神思考，这是中国写意人物画家创作中存在的现实问题。作为以艺术工作者的身份来肩负这一时代赋予我们的文化责任，无疑要付出一定的努力和相应的代价。

其次，中国绘画工具材料的合理运用以及多元融入是我目前创作中亟待解决的实际问题。因为，时代的发展，社会的进步，人的生活、思想与情感也随之在不断变化，艺术作品的精神含量也继而不断提升。做为艺术创造者，要想表现所处的这个瞬息变化的时代，以及当下人类所追求美好愿望的心理需求，仅用传统的表现形式和技法是薄弱的，还要通过不断的努力探索、研究和试验，去发现新的表现领域和表现方法，展示具有中国特色的绘画元素。

另外，在中国多民族领域中寻求地域文化的精神实质，是对传统绘画技法的溯源和回放，融东西文化之精华，着重对意象、神韵和工具材料、技术品质的把握，挖掘新的审美语言，对于赋予时代感的人物画创作来说，尤为重要。

这充分说明，艺术不仅只有延续，而且还要在借鉴

长卷《黄河魂》局部（矿工） 纸本水墨

和融通中生存、发展、变革，只有最先进的、最现代的知识和中华民族艺术传统相结合，只有最鲜明的艺术形式与风格和具有博大精深的中华人文特色相结合，才能和当代语言同频共振，即可创造出具有现代意识、传统观念和审美价值的优秀作品。

总之，人物画家的文化使命就是坚守个体语言与当代文化语汇，释解人类生命价值和梦想追求的大美符号，既要再现现实生活中的文化现象，又要表现人类生存意义和对未来命运思考的终极命题，只有精神性的力量才具有永恒的价值。

杨娟

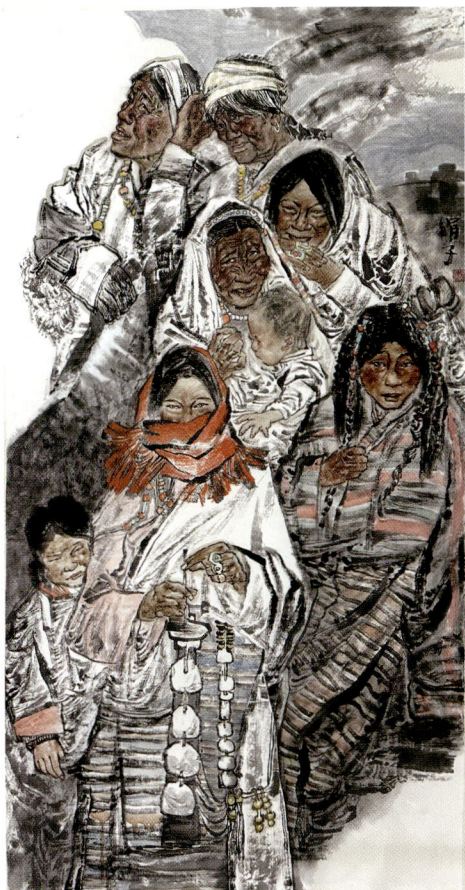

《云淡风轻》 纸本水墨

宋秋馨

号闲庭阁主，新派牡丹画家，擅写意花鸟兼通工笔。1964 年生于北京一书香世家，祖上多人从事宫廷绘画，多有熏陶，自幼习画。先师从牡丹名家崔庆国先生，后入中国人民大学艺术学院进修工笔重彩，再入中国艺术研究院写意画院名家高研班拜博士生导师、国家博物馆馆长刘万鸣教授为师。

现为中国女子书画会（筹）国际会副会长，北京美术家协会会员，北京国画艺术家协会会员，中国华侨画院副院长，北京收藏家协会会员，人民日报海外网文艺频道艺委会特聘画家。

已从香国偏熏染，更惜花神巧剪裁

初见宋秋馨的牡丹，始于"庆祝中国共产党成立 95 周年"，由北京邮票厂印制出版的一套"邮票珍藏"版的精致册封，其集千秋古韵融时代心声的奇妙构图，让我们耳目一新——"奔马"驰骋千年而雄风犹烈之动态，"牡丹"拥国色天香千载而隽永长春之灿然，让我们手难释卷，长思放远……

中国的牡丹入画自北齐始，盛行于唐宋，距今已有一千五百年的丹青史。牡丹之所以让国人誉为国花，不仅仅因为"牡丹花开，艳绝天下"，犹为其念生生息息之故土——"宁溘死以流亡兮，余不忍为此态也"。

鉴赏宋秋馨的牡丹，之所以引起我们如此吟史钩沉，让我们倏然忆起著名画家石鲁先生的"生活为我出新意，我为生活传精神"的箴言警句，是因为秋馨的牡丹与"奔马"的涵义禀赋了我们改革开放四十年的民族精神与时代文化品质；象征着盛世的国民心态与坚韧不拔的进取毅志；承继了汉牡丹与汉文化的"不忘初心，方得始终"的义薄云天；抒发了秋馨"胸中狂飙，笔底波澜"……

丁酉年深秋，由于艺术的联袂，我们在海滨小城得以把酒言欢。秋馨的温文尔雅，笃成淡定，让我们再次印证了其"挥毫列锦绣，落纸布云烟"的心底印象，让观者深信其牡丹画作的"相由心生"。

秋馨的牡丹，专注于气韵的升华，在"冶态轻盈，香风摇荡"中，彰显牡丹的从容大度，颇具韩琮"桃时杏日不争浓，叶帐阴成始放红。晓艳远分金掌露，暮香深惹玉堂风"之维度，秋馨的牡丹，凸显枝叶与繁花的俱荣万象，从而引观者在牡丹之外，遥想天地万物乃相互依存、相互扶持，相生相长的自然群落。凡君子者必然卓有韩愈之"幸自同开俱隐约，何须相倚斗轻盈。陵晨并做新妆面，对客偏含不语情"之风范……秋馨对牡丹的姿容风骨有自己的独到之思：我们从她看似随意点染的"绿萼红苞""金粉吐香""浅浅胭脂""叶堕殷殷"中，可以窥知：秋馨在万般牡丹，千年风情烂熟于心的情景中，在用笔墨与心智寻找属于牡丹亦属于其内心与时代趋向的牡丹之精神。以秋馨的才智

与年华，她的牡丹创作正如唐人李正树咏牡丹之"天香夜染衣，国色朝醒酒"；而她的牡丹及花鸟创作的硕秋正如"画栏淑景初长"。

作为观者，我们在画坛一片"牡丹热"的喧嚣中，得遇秋馨的"霏霏雨露作清妍，烁烁明灯照欲然"（宋·苏轼）是一种欣慰，亦为秋馨赠我之《富贵长春》……借叶玉超先生《题画》诗"仙袂飘飘拂晓霞，何曾无主此名花。年年三月春风里，半属姚家半魏家"。此为谢答。

永占光禾

《新鹊桥》 164cm×232cm

《幽香浥露》 180cm×200cm

叶君萍

中国美协中国重彩画研究会会员，北京工笔重彩画研究会会员，浙江省中国花鸟画家协会会员，浙江省女花鸟画家协会会员，中国女子书画会（筹）国际会副会长兼浙江分会会长。

1960年出生浙江绍兴，先后就读于北京民族大学美术学院，北京大学蒋采苹工作室。瑞典皇家艺术学院荣誉博士，以坚毅执着之精神，致力于两岸艺术交流，多次策划国内外展并出版。曾赴美国、法国、加拿大、比利时、韩国、日本、澳大利亚、斯里兰卡、菲律宾、印尼、匈牙利、新加坡、中国香港、中国澳门等国家和地区举办画展。2016年获世界和平协会"艺术和平天使"荣誉称号。

融贯个性风尚 升华时代气韵

随着近些年来丹青文化的个性化发展和多元素融合，时下画坛内也是出现一批极具飞跃性创作的艺术画家！而这些新时代画家的出现，也不单单只是为人们带来了一种独到的审美体验，于当下画坛来说，他们的出现则更是代表了一种划时代的艺术生机和创作面貌！

当今著名画家叶君萍女士，便正是一位身处于新时代丹青脉络中的艺术名家，在个人的丹青艺术创作上，叶君萍女士保持了传统的意象精髓，但在此基础上，她又融入了丰富的油画表现和重彩手法，是真正实现了多元素的丹青重整与个性塑合！画品超前，特立独行！要知道，中国传统的丹青艺术无论是工笔画作还是意象画作，甚至是兼工带写之作，其都是脱离不了抒情的人文本质，正所谓以情运笔，中得心源，这可以说是传统丹青一早就秉持的创作宗师！所以，无论当下画坛发展如何，人文内蕴始终都是一个不容忽视的创作元素！

作为一名新时代的画坛名家，叶君萍女士的丹青造诣显然也是深谙此道，并且其作中不管是笔法的外在表象，还是精神的内在呈现，都是有传统可循，有境界可品！由观叶君萍女士作画，其画中是谓主张放笔之态，由工筑基，意贯始终，笔墨行运依旧可见传统余韵，而在画面的结构的处理上，叶女士也是展现出了一种非同俗魅的审美掌握！不仅如此，得益于她对现代色彩的高度掌握，其画中的视觉美感也是极尽时代之韵，那特有的花卉造型，还有鲜明的亮丽色彩，再加上独特的质感肌理，

《丛中笑》
70cm×136cm 纸本重彩 2018 年

《夏日寻芳》
97cm×180cm 纸本重彩 2019 年

由此所组成的画作，不但是成功地扩张了整体的画面气势，就连形神和具象之间的创作关联也是得到了完美的契合！兼容中西风格，开拓现代画品，观之尤感耳目一新！融贯个性风尚，升华时代气韵。从整体上来看，叶君萍女士作为一名现代画家，她在作品中所呈现出的丹青造诣和创作理念显然是不俗的，能以传统底蕴为基准，从而升华个性风貌，以至于最终将色彩和工意相融相济！

尽管在当下画坛内，仍有不少人因为尚新而迷失了创作的方向，但今日叶君萍女士的众幅重彩画作，则无疑是成功的走出了这探索的迷境，且已然是成就突出，深具功绩！对此我也深认为，叶君萍女士绝对是当下画坛内为数不多且能够充分掌握丹青革新发展的关键画家之一！

史国澳（著名书画艺术评论家）

姚意平

中国女子书画会（筹）国际会副会长，上海市书法家协会会员，著名书法家爱新觉罗·启骧入室弟子。

赠人玫瑰 手有余香

姚意平，1953 年生于上海，祖籍浙江宁波，出身于知识分子家庭。父亲既是戏剧票友，与许多艺术名流交好，也喜欢书画艺术，写得一手好字。姚意平被浓厚的家庭艺术氛围浸染，从小就喜欢弹琴、练字、画画，常与琴书为伴。虽然她此后受命运摆布，人生大多与艺术无缘，未像她的妹妹有幸拜王文娟为师，成为专业戏曲演员，但她心中始终有一个追求艺术的梦。

"文革"时期，同上海大多数适龄青年一样奔赴安徽农村插队落户。幸运的是，由于她天资聪颖和少年时代的艺术熏陶，又曾经拜金伟刚先生学弹月琴，在合肥市京剧团向插队知青招生时，被招入剧团操琴，算过了一把艺术瘾。

后来知青回城，告别艺术生涯，被分配至工厂务工，此后又转行做营销工作，生活始终顺顺当当，一路向好，也接受了命运安排。在度过了忙碌的中年生涯后，重燃艺术之梦油然而生。

冰心曾经说过，"成功之花，人们往往惊羡它现时的明艳，然而当初，它的芽儿却浸透了奋斗的泪泉，洒满了牺牲的血雨"。我们现在看到的姚意平似乎已艺有所成，小有名气，每次看到她在参加笔会时，写起字来，昂扬顿措，挥洒自如，俨然一副书法好手的风采。殊不知，这些成功的背后，凝聚了她孜孜不倦对书艺的追求。她特别敬仰先贤的大师作品，如颜真卿《勤礼碑》、米芾《蜀素诗帖》、王羲之《兰亭序》，等等。通过对这些经典作品心摹手追，锤炼了她的意志，领悟了书法艺术中的真谛。后又有机会先后师从几位书法名家指导，特别是拜著名书法艺术家爱新觉罗·启骧先生为师，成为其入室弟子后，书艺大有长进。

认识姚意平的人无不对她的性格和待人接物留下深刻印象。她乐于助人，干脆直爽，是中国女子书画会重建活动最早的几位创始人之一，筹备组最初的办公场所经她努力获得免费入驻功不可没，也是在重建过程中不畏艰难，矢志不渝地坚持初心，一往无前的核心成员。她对待工作一丝不苟，只要承诺的事，必定会尽心尽责的完成，彰显出经历过成熟的职场历练。

姚意平是一个热心公益活动的艺术家。一次偶然的机会，得知某特殊学校需要书法老师授课，她慨然前往，不计报酬教智障孩子书法。她以拓展娱乐入手，乐中带学、学中求为的教学思路，不仅发掘孩子的潜能，还给他们带来了成功的快乐。

此外，她还参加地区艺术品拍卖，筹款支援西部困难群众；受邀为驻地武警部队教授书法，丰富子弟兵业余生活；每年为基层社区活动代笔写字，广受欢迎好评，等等。我们从她的身上，似乎看到了当年民国时期中国女子书画会的前辈艺术家慷慨捐画，募集资金，赈济受灾贫民，资助失学儿童和抗战支前之壮举的身影。

2022 年 1 月 9 日书于览艺斋

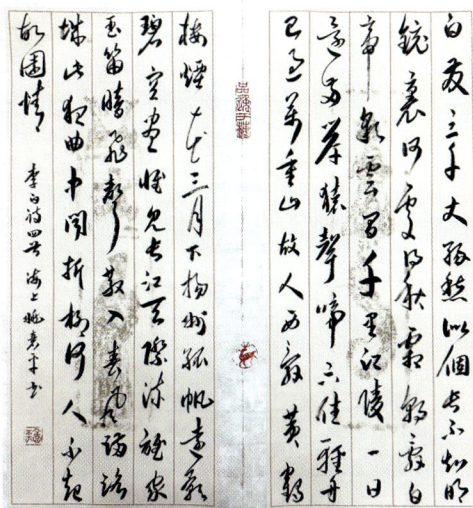

《李白诗四首》 34cm×34cm 书法

《山茶花》 78cm×35cm 国画

孙贝贝

1982 年出生于黑龙江，现居上海。2006 年毕业于鲁迅美术学院，2023 年毕业于上海美协水彩粉画高研班，2024 年毕业于上海美协油画高研班。中国女子书画会副秘书长，上海美术家协会会员，我梦艺术教育国际集团有限公司培训部主任。2015 年为上海市人民检察院创作大型壁画《清莲图》；2017 年油画作品《悬浮》入选《纪念中国女子书画会成立 83 周年》书画作品展；2017 年油画作品《我》入选《第一届国际华裔女子美术作品展中国·无锡》画展；2019 年油画作品《记忆》入选 2019 上海小幅油画作品展；2019 年油画作品《九霄》荣获 2019 中国当代女子美术新秀提名展最佳荣耀奖；2023 年水彩作品《漫卷天波》入选浦江流芳——2023 上海水彩粉画邀请展；2023 年水彩作品《劳作的人》入选第十二届上海美术大展。

瞭望艺术

孙贝贝出生于艺术世家，父亲是画家，母亲是芭蕾舞演员。从小父母在艺术方面给予她全面的培养，在家庭艺术氛围熏陶和父母严苛指导下，自幼学习钢琴、声乐、舞蹈和绘画，不断展现出艺术天赋。

学生时代曾作为文艺骨干多次代表学校参加各类画展和文艺活动。考入鲁迅美术学院后，开始投入绘画创作，后随父母定居上海。在多次采风过程中，她感受到在现代文明发达的同时，在某些山区仍然有众多劳作者过着极其传统的农耕生活，在自家场院里收获着每一年的希望。她被当地人们坦荡而踏实的精神所感动，由此创作出代表作劳作者系列油画作品《父亲·母亲》。

在后来多次的深入民间采风中，她感受到，十里八乡的老人儿童不约而同集结在一起欢庆着属于自己的节日，浓郁的社火形式反映着当地劳作者对生活美满的期待和对来年丰足的渴望。她被极具传统意味的乡村民间社火习俗的精神力量而感动，由此创作出劳作者系列油画作品《正月》。

后续她又创作出具有时代气息的代表作偶系列油画作品，以古典绘画语言、自身肖像形式，用唯美的视觉效果反映当代人的某种思想情节。同时在深入都市生活中，她感受到在城市繁荣飞速发展的同时，有一群朴实的劳作者群体默默无闻为城市建设付出了巨大的艰辛劳动，无声无息地铸就城市的荣光，由此创作出劳作者系列水彩作品《劳作的人》，参加了第十二届上海美术大展。

她以写实的艺术表现手法，创作出一批反映时代面貌的美术作品。

2015 年，她加入中国女子书画会。2020年，开始参与中国女子书画会秘书处组织工作。2023 年，被任命为中国女子书画会副秘书长，继续开启着美丽的艺术人生。

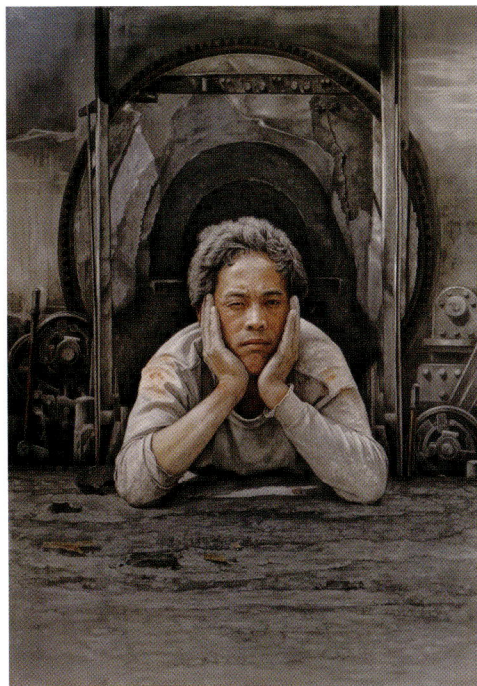

《劳作的人》
110cm×150cm 水彩 2023 年

《父亲·母亲》
120cm×150cm 2013 年

杨俊

1968 年生，法律本科，平顶山市人民检察院四级调研员，高级司法鉴定师，高级健康管理师，高级心理咨询师，高级婚姻感情管理师。河南省优秀司法办案人员、"三八红旗手"称号。平顶山市作家协会会员，公检法司作家协会编委。中国女子书画会（筹）中原联络处主任。受家父影响教诲，自幼酷爱文学书画。大学期间，曾担任校报《浪淘沙》编辑部副主编、编委，《七步村》文学社社长。小小说《跋涉者》、散文《心的方向》、诗歌《战斗的青春》等分别在《奔流》《小说月刊》上发表。诗歌《女检察官之歌》、散文《从三八妇女节谈女性的自信自立自强》等在《瀚海启航》发表。不以山海为远，不以过往介怀，人生如画，千秋年岁，点滴收获，汇成大爱。

家风熏陶我成长　家训砥砺我前行

在洪荒时期，岩石经过风吹雨打，留下了痕迹；鸟儿飞过海滩，栖息上面，留下了足迹。虽然当时微不足道，但这些印记，经过漫长岁月之后，被保留在石板上，经久不消！罗泊特·瓦特斯说过，一个国家的地貌对国民的性情有强烈的影响，一个人品格的力量也是各种因素影响下形成的。积极向上的生活和学习环境，对一个人的潜移默化，是任何摄影师都无法捕捉，任何雕刻家都无法绘制，一个人或是一个家庭所受的教育和个人的前途更是息息相关。

从生命的齿轮运转开始，五十余年间，历经了播种的辛劳和希冀，收获了成功的甜蜜和喜悦；得到了人间真情的善意关爱，尝过了失去亲人的撕心疼痛；畅想了梦境与现实的跨越，担当了责任与良心的重任。无论何时何地，一直恪守着父亲给我们立定的家训"仰天无愧"，践行着父亲为我们亲书的"书囊应满三千卷，人品当居第一流"的训诫，我把它尊为人生格言，敬挂在书房，铭刻在心中。

虽然没有《颜氏家书》《治家格言》《训子戒书》和《曾国藩家书》等闪烁着良好家训的光芒而广为流传，但因为父亲立定的家训和含辛茹苦的付出，成功地使我们姊妹几个，经历了"路漫漫其修远兮，吾将上下而求索""衣带渐宽终不悔，为伊消得人憔悴""山穷水复疑无路，柳暗花明又一村"的人生磨砺和锻造，实现了人生的梦想，经过高等学府的深造，知识的殿堂成就了我们这样家族式的传承与革新。当时在八九十年代周边地区轰动一时。

我生长的家庭，虽然苦难兼有，但充满了温馨和快乐，勤奋上进、孜孜不倦的学习精神，以及良好的做人美德充满其中。家中弟兄姊妹都是在父母的谆谆教导和殷切期望下，健康快乐地成长。可谓是"家风熏陶我成长，家训砥砺我前行"。每每看到严父的亲笔，往事便一幕幕映在眼帘。对父亲的感恩、怀念油然而生，自豪和惭愧也一起袭来。父亲骨子里的学养，弥散着深厚的人文气息和优良作风，若不亲临其境，就领略不到如此撼动人心的精神气魄。父亲很重视教育，常常给我们讲励志故事，总以名人名言来教育激励我们，教我们多读书，读好书。常说"知识是学出来的，能力是练出来的，智慧是悟出来的"。

在家父的熏陶下，我的理想是当个教师。父亲对我的期望是当个作家，不被世俗琐事所牵绊，能够让自己的灵魂升华。我们的目标是用自己的双眼去观察世界，用自己的头脑去感悟人生，用自己的智慧去发现善恶，用自己的文笔去描绘生活。就像家父给我们的家训"书囊应满三千卷，人品当居第一流"，不求人说唯美，但求问心无愧！

我们的家训，父辈的熏陶，萦萦绕绕，催人奋进，代代传承，常怀感恩，不忘初心，精心筑梦，走好余生之路！

杨俊

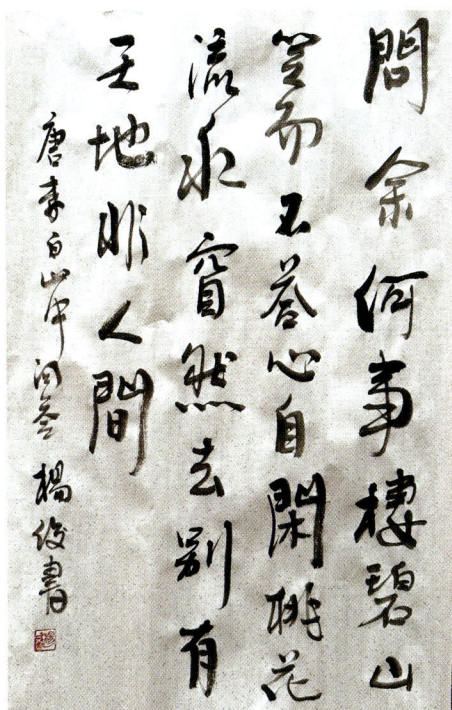

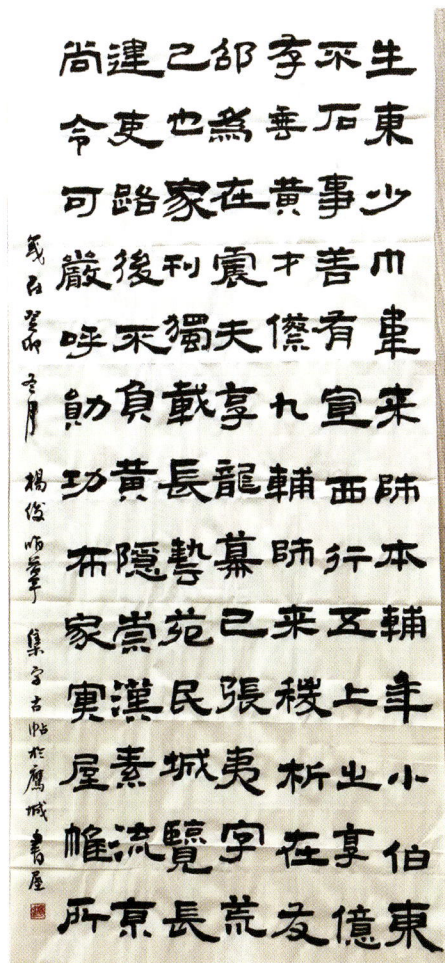

独具匠心的牡丹名家

缪琪红

中国女子书画会新西兰分会会长
国际华裔书画家协会会员
中华文化书画发展促进会会员

缪琪红女士，号缪斯，笔名他山石，新派牡丹、葡萄画家。1955 年生于教授之乡宜兴的一个书香世家。伯父缪祖尧曾在上海美院任教，是造诣颇深的美术大师，也是国画大师吴冠中先生的启蒙老师。因自幼在伯父身边长大，耳濡目染，从小就对绘画产生了浓厚的兴趣，长大后虽然经历过教师、企业家等身份转换，但从未放弃习画，后师从牡丹名家崔庆国，以崔氏牡丹画法在画界独树一帜，其他题材的作品也广有涉猎，其中葡萄作品尤具个人特色。

纵观当今，以画牡丹为能事者不乏其人，但造诣精深、技法独到者却鲜有其人，缪琪红女士为其中佼佼者。她深耕绘画二十余载，主攻小写意牡丹和葡萄，为提高绘画技艺，她遍访名师，博采众家之长，虚心求教，孜孜不倦，刻苦努力，笔耕不辍，她还经常到大自然里寻找创作灵感，进行实物观摩写生，在短短的十几年里，缪琪红女士的画技就得到了飞速的提升。她的小写意牡丹兼工带写，花头为主，结构工细又不失随意，栩栩如生，雍容华贵；叶子为辅，突出笔墨关系，层层叠叠，润泽自然，她的作品下笔坚定，用色大胆，拙中带巧，别有意趣，让人过目不忘。如今，缪琪红女士的牡丹作品已经因她的表现技法而具备了独树一帜的艺术风格。同时，她的葡萄作品也是清新秀润，气韵生动。

缪琪红女士因其出色的艺术造诣经常以特邀代表身份参与全国各种文化交流活动，同时，缪琪红女士也非

常热心社会公益及慈善事业，为了弘扬中华书画文化，缪琪红女士经常在大型文化交流活动中慷慨捐款、捐物、捐画，外国驻华使馆，成都将军书画院、上海电视台、部分省市驻京办及部队、学校、企业家、高科技人员均有幸获藏缪琪红女士的墨宝，作品受到藏家一致好评。

缪琪红女士不仅在书画创作领域的硕果颇丰，同时不忘初心，砥砺前行，为实现书画作品的艺术价值与社会价值不遗余力，是德艺双馨的女艺术家，接下来我们有理由期待作为再启新程的中国女子书画会新西兰分会会长的缪琪红女士，能够在世界的艺术讲坛上讲好中国故事，在让中国画进一步走向世界，散发中国艺术独特魅力的道路上做出更加重要的贡献。

禾火

丹青重彩谱华章

——感受张莉绘画艺术

张莉

中国美术家协会会员，山东省美术家协会会员，山东省民间艺术家协会会员，中国工笔画学会会员，中国女摄影家协会会员，北京工笔重彩画会会员，中国女子书画会澳洲分会会长，山东云轩画院副院长。政协青岛市第七届委员。英文名（jasmine），常居澳大利亚、北京，生于青岛。1975 年毕业于青岛工艺美术学校染织专业，1985 年毕业于青岛大学美术学院服装设计专业。研修于中国国家画院，中国人民大学，首都师范大学，紫苑书院高研班。

张莉女士现常居澳大利亚、北京。祖籍山东烟台，青岛出生。自幼酷爱绘画，受过系统的专业美术教育。毕业后先致力于素描、油画写生与创作多年，西画基础得以较快提升。2000 年后，由芥子园画谱自学始，步入中国花鸟画领域，后随师多年并勤学不辍，一百余幅较大尺度写意花鸟画，在境外展示，并出版《远馨菁华·张莉画选》画册。2015 年后主攻工笔重彩，屡有佳作入选国展并获奖，多被收藏。

青岛较早感受西来之风，加之特有的红瓦、绿树、碧海、蓝天山城底色，铸就了这座城市与众不同的文化底蕴与特质。张莉能如此熟练地捕捉这座城市带给她的灵感与激情，创作出一系列独具特色，以青岛建筑为主题的大幅工笔画佳绩，是大自然的赠予。这些作品借鉴当代艺术与古建筑艺术之精华，展工艺之细腻，用岩彩之肌理，潜油画之功力，铺精华之外延，用自己特有的绘画语言，将这座城市的风韵、气息在其画中得到简洁而唯美的呈现。

对农民画（年画），张莉女士也有一种天生的迷恋。为此，她曾多次赴天津杨柳青画社和山东潍坊杨家埠村镇，对农民画的产生、传承和发展进行深入地挖掘和研究，同时临摹中国古代精彩的壁画，极大地丰富了自己的艺术思维，在色彩、人物造型和构图等方面，着力与传统工笔画进行结合，更加生动地表现出"烟火气""市井象"普通人的生活风俗，为弘扬民族艺术和非遗传承，

《报春图》 75cm×68cm 2007 年

做出独特的贡献。

张莉女士对事物的感性与丰富的人生经历，对
艺术与社会的结合能力尤强。她十分注重绘画之外
的修养，使其作品体现出既根植传统又紧随时代、
既中西兼蓄又不断出新的艺术特色，多次参加由国
家文化部、中国文联、中国美协、中国民协主办的
全国性美展，先后在美国、加拿大、澳大利亚、新
西兰等国举办个展和联展，作品被国、内外有关机
构与知名人士收藏。

20 世纪 70 年代后期至今，她在国内十余家知
名报刊杂志，撰写艺术理论文章和艺术评论，在艺
术活动中曾任艺术顾问、总策划、主编、美编。

郝耀平

《家．紫气东来》
208cm×117cm 2018 年

梅花香自苦寒来

孔毅

中国女子书画会马来西亚会员、世界传统文化研究院马来西亚分院院长

孔毅，出生于上海。六岁开始涂鸦，与其他小朋友在外面玩，她就一个人坐在小板凳上画画，七岁上学后，更醉心于习画，无其他兴趣爱好。只要有空余时间，都荡漾在花鸟虫草和梦中的世界。小时候，家境并不富裕，父母迫于生计，不舍得为她买笔纸、颜料，反对她画画。然而，孔毅性格很执着，背着父母坚持作画。经常在晚上先等父母睡着，再偷偷爬起来作画，家里锅碗盘叉，摆件用具，凡是图案漂亮的都拿来临摹。有一天晚上，画好以后关了灯，蹑手蹑脚想溜回去睡觉，她睡在二层阁楼，阁楼搭在父母大床上面，靠一个竹梯上下，未曾想到七岁多的她穿着丝袜一下子踩空了，从上面摔到了水泥地，噗通一声惊醒了爸妈，她倒在地上，血流满面，至今她脑袋后面还有一条很大的疤，就是那个时候留下来的。她爸爸抱起她马上送到附近的医院抢救才算大难不死。爸爸后来眼睛淌着泪水跟她说，我以后不再阻止你画画了，你尽管画，再也不要偷偷地在我们睡着后画画了。

于是，艺术的窗户从此为孔毅打开，使她自由徜徉在美术的殿堂而一发不可收拾。凭借她天生的艺术才气和孜孜不倦的努力，她考入了上海纺织专科学校，接受了美术专业训练，打下了扎实的专业功底，毕业后即出国，成为了一名职业画家。

一个涉世未深的艺术女生敢单枪匹马到陌生的国外去闯荡，这种勇气远非一般人所有。然而，孔毅以她今天的成功给了我们这样的启示，"宝剑锋从磨砺出，梅花

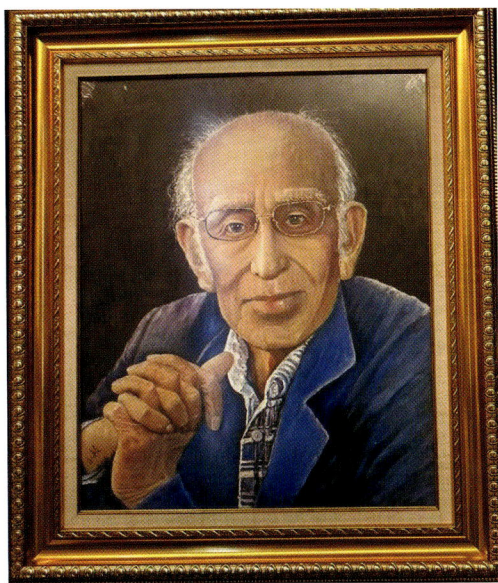

香自苦寒来"。

纺专毕业后，孔毅就去了新加坡。她虽然谋得了一名美术老师的职业，基本生活有了保障，但离她的要开一家属于自己的画廊之初衷，差距还蛮大的。因此，她决心以比其他人付出更多的努力来实现自己的目标。于是，每到周末，其他同事、朋友都会去度假或去卡拉OK消遣，她却背起画架，来到新加坡海边风景带一条街，为游客画肖像创收，有时游客多，白天接着晚上画，一天下来累得腰酸背痛，有朋友劝她不要这么拼，她仍然咬牙坚持，毫不退却。

为了实现愿景，除了创收还得节流。在学校担任美术老师，学生画不好，老师要帮学生补课，还必须是上门补课，一家一家跑，都是自己走路坐地铁，不舍得打的，新加坡天气经常是闷热湿度高，人很辛苦，但她始终坚持不懈。

数十年的拼搏终于结出了丰硕的成果。今天，她不但在画艺上积淀了深厚的成就，实现了拥有自己的画廊梦想，在新加坡和马来西亚美术教育界小有名气，还在当地置有多幢物业，国内国外两地居住，闲来作画跳舞，也不忘带带学生传授技艺，生活得多姿多彩。

谢晨雯

中国女子书画会（筹）秘书长助理，上海市美术家协会会员，上海市杨浦区美术家协会会员

对艺术充满热情，版画、油画、水墨、陶艺都有涉猎，现热衷于水彩画的研究。作品多次参加拍卖，被各界人士收藏。作品入选中国当代女子美术新秀提名展；入选中国美术家协会全国新文艺群体画展；入选中国道路美好生活全国美术作品展览；入选第十一届、第十二届上海美术大展；入选上海市教委教研室庆 70 周年主题创作作品展；入选上海市水彩粉画作品展；入选"春风化雨"第六届人民教师水彩（美术）作品展；入围第二届医学插图展；入选"浦江流芳"水彩粉画邀请展等各项展览，作为活跃的艺术力量，逐渐在艺术领域崭露头角。

尽情地感受精彩的生活，在平凡中捕捉真情，才能成就艺术之美。

谢晨雯

专家评述

我与谢晨雯相识数年，对艺术的热爱和追求让我们走到了一起。她是一位对于生命、艺术十分敏感的人，创作视角非常独特，表现题材都以现代生活中的故事，并且融入了她的生活情感，体现了生活时代性。而更多的感受是作品中充满了诗意，像一首首叙事诗，给予人们心灵上的触动及感动。她的作品曾多次入选中国美术家协会、上海美术家协会等全国及省市级画展。谢晨雯目前正处于艺术的上升期，希望她再接再厉，画出更加优秀的作品。

——2022 年 11 月 15 日 卢增贤写于长贤阁

观谢晨雯作品给人感觉年轻有为，积极向上，勤奋努力！在繁忙的教学后挤出时间画自己心爱的作品，经常画到半夜。作品多次参加全国及海外画展。谢晨雯的水彩细致耐看，虚实相间，以水为脉，以光为媒，以色为魂，水色相融。用水彩特有的颜色互相渗透碰撞出清澈的明净美，或以颜色层层叠加表现出厚重的力量美。画面灵秀透明，有很好的艺术境界，引人联想，观后意犹未尽。愿谢晨雯百尺竿头，更上一层楼，像一匹骏马奔驰在辽阔的草原上！

陈运星 2022 年 11 月 1 日写于南山斋

（中国美术家协会会员，中国国画院画师）

《新乐章》 113cm×104cm 水彩

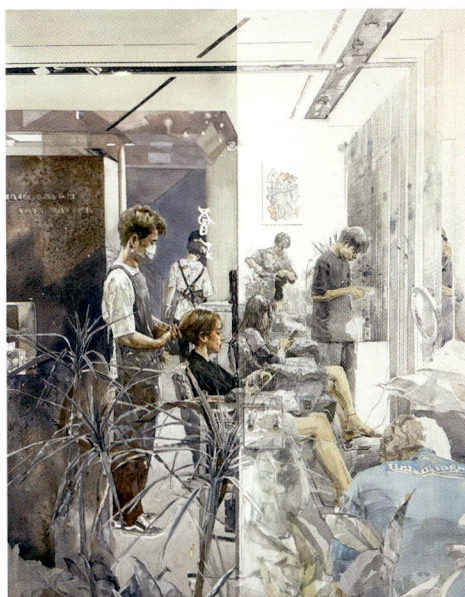

《新颜》 137.5cm×110.5cm 水彩

让画笔成为灵魂捕手，捕捉生活纯粹的
浪漫，探索艺术之美

吴斌

吴 斌

中国女子书画会会员 - 秘书处专员，上海徐悲鸿艺术研究院会员，IMWA 国际水彩大师联盟会员。出生成长于上海，毕业于上海大学美术学院，上海美协水彩粉画高研班，热爱水彩画，作为一位建筑师将自己对建筑的兴趣与对艺术的热情相结合，探索建筑与艺术碰撞产生的奇妙化学反应。作品入选第四届全国钢笔画展；入选第七届全国高等美术院校建筑与环境艺术设计专业教学作品展，获银奖；入选全国女性水彩粉画展，获优秀奖；入选"光辉历程"第六届上海市民艺术大展；入选"虎虎有生——上海水彩粉画迎春展"；入选 IMWA 国际水彩画青年展，获铜奖；入选第十二届上海美术大展；作品多次选入国内外美术展中展出和获奖。

流动的水与彩

吴斌，1991 年出生于上海，擅长水彩画，建筑设计，2014 年毕业于上海大学上海美术学院建筑系，上海美协水彩粉画高研班。

人们常常把建筑比喻为凝固的音乐，实用的雕塑，永恒的诗。建筑艺术是更具有空间感和透视度的艺术形式，而水彩画水色淋漓的特性更能表现出建筑的魅力。在上海生活的三十年里，她喜爱用水彩描绘这座中国"水彩码头"的变迁，留下上海发展的印记，用画笔找寻上海兼容并蓄的海派文化。在她的笔下，能感受到上海城市的风姿雅韵，亦能体会出这座城市的深厚积淀和充满情调的蓬勃生命力。水彩的表现方式其晕染效果，使得建筑题材的水彩画更加具有水墨的特殊意境。她的画面效果独具个人特色，将瑰丽的景色和透魂的诗意氤氲于纸面。用笔上或工细，或大笔粗放，技法上干湿结合的流畅自然，其色彩明快，水色淋漓，很见功底。

除了建筑题材，吴斌对人物绘画也情有独钟。她擅长在绘画中寻找光感，将光表现得充分而巧妙。通过精准的构思，将光影效果表现得淋漓尽致，使得她的画作更加生动，人物形象更加立体。通过画笔传达出人物的

《雕塑》 130cm×160cm

情感和内心世界，让人产生共鸣和情感上的
触动。

　　生命是一场旅行，创作是她生命中不可
分割的一部分。在艺术创作中，她始终用心
体悟生活点滴，不断的学习，不断的创作，
在创作中成长。近年，她的作品先后在日本、
韩国、意大利等国展出并获奖，多次参与国
内美术大展。

《城韵》 56cm×76cm

曹琳

1960年9月出生于书香门第,现为中国书法家协会高级书法注册教师,中国女子书画会国际会副会长,上海书法家协会会员、法国书画家总会荣誉会员。现任职文化和旅游部上海考区办公室主任、上海源好文化艺术交流中心创始人、鉴真文化研究院上海分院副院长、上海名家书画院副院长、上海中外文化艺术交流协会理事。

自幼承蒙祖训,习学书法,在父辈及书法老师的指导下临帖读本,把笔砥毫,从古篆到唐楷,再从魏碑到行草深深地汲取伟大的中国书法之精华,在践行书法之道中领悟书法家们的风采、人格和学识的魅力,求胸中有千古之思,腕下具纵横之势的最高境界。经过多年的学习,得以笔墨功底,为进一步提高书画艺术水平,又参加了中国美术学院"书画高级研修班"的中国传统书画的专业学习。学习期间得到著名书法家、美术家、古文字学家、古玩鉴赏家、中国书法培训中心教授等多位名家指导,通过系统、专业、坚持不懈地学习,掌握博大精深的中国特有的传统文化知识,书画创作再有新获。

她曾经多次参加各类书画比赛并获得优异成绩,作品曾入展、刊登于《中国美院十周年文献集》《中国书法家协会注册教师作品集》《长三角甲骨文书法篆刻名家作品展览》《海峡两岸名家书画展》《日本2018第51回国际书法艺术展》《海内外名人名家100人书画篆刻展》《沪台纪念辛亥革命110周年书法作品展》《海派名家名扇集锦》。

为进一步适应形势的发展和要求,持续不断地积极参加相关培训和继续教育,曾参加了北京师范大学全国校长任职能力提升高级研修班等,经过努力荣获"上海国际青少年优秀指导教师""第二届全国青少年书画大赛优秀艺术机构""文化和旅游部优秀书法指导教师"、"中国书法家协会上海考区百名优秀书法指导教师"等奖项。

目前,主要率领旗下的上海源好文化艺术交流中心致力于美术、书法考级教学等相关工作交流研讨;定期邀请著名画家、书法家开设绘画、书法讲座,以积极帮助、

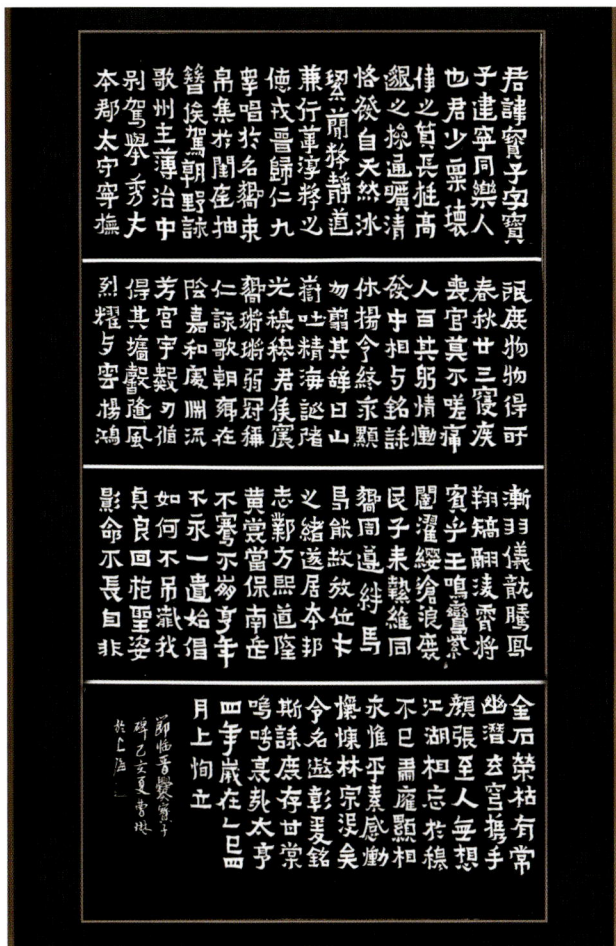

《爨宝子碑》
138×68cm 隶书

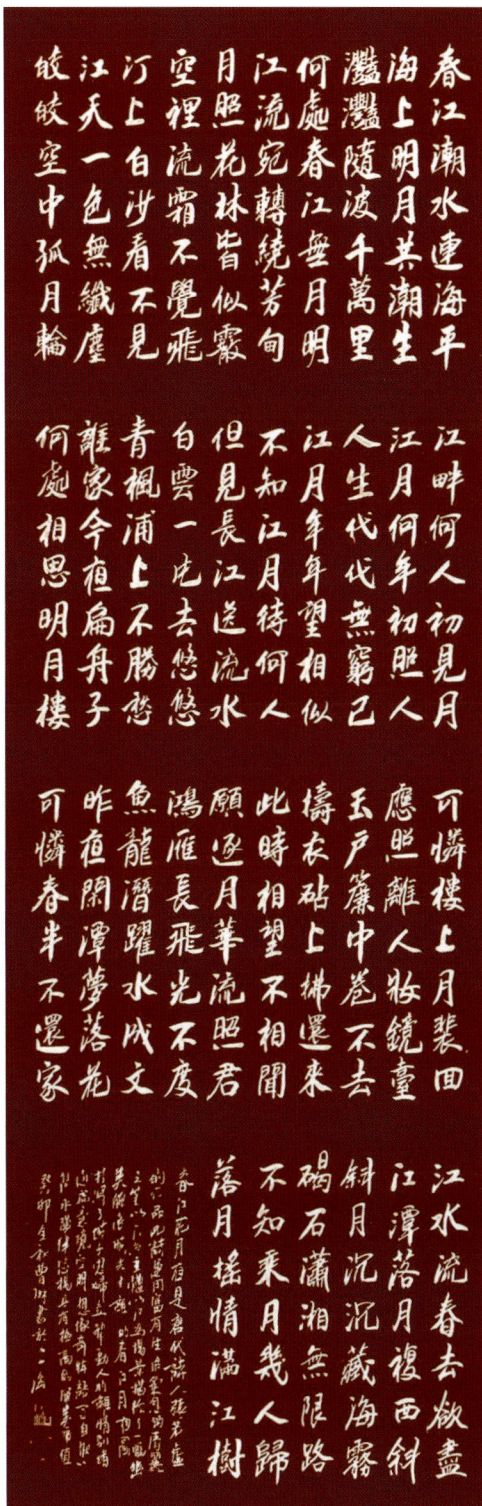

指导和提高在沪的具有文化和旅游部和中国书
法家协会注册教师的专业水平；组织参加创作、
比赛、展览、交流等书画活动，先后组办中国
台湾、澳门，法国巴黎，以及北京、上海、山
东、南宁等地的书画交流活动，加强相互了解，
发展双方友好合作关系。立志为祖国的传统文
化薪火不灭、代代相传，奉献自己的绵薄之力。

《春江花月夜．张若虚》
138×68cm 行楷

万物由心相自生

唐静

1971 年出生，江苏无锡人。1993年毕业于上海师范大学美术系。师从著名画家顾青蛟。中国女子书画会会员。江苏省美术家协会会员，无锡市美术家协会会员。无锡市花鸟研究会理事，无锡市新吴区美术家协会理事，无锡市书画院特聘画师。2015 年作品。"秋水无声"获江苏省第五届新人奖。

唐静是一位凝聚了江南文脉的女画家，以"万物由心相自生"为信念，将心灵的情感融入每一笔墨之中，成就了自己独特而深沉的艺术风格。

生于无锡，这片文人辈出之地，她承袭了古往今来的艺术传统。毕业于上海师范大学美术系后，她幸运地在吴文化深厚的土地上生活与工作，沐浴在至德精神的润泽之中。多年来的美术教育工作，让她不仅深谙绘画技法，更汲取了丰富的吴文化养分，培养出一颗追求自强不息的心灵。

唐静是一位学院派画家，她对素描、色彩、写生等传统技法的继承充满坚持，同时展现了对生活的深刻理解与热爱。她的画作，无论是动物、山水，还是花鸟，都散发着清新的自然气息，通过自然的意境将情感与感动巧妙地融合，呈现出独特的艺术韵味。

"太湖波光潋滟，心中自生画意。"她的创作理念贯穿着"万物由心相自生"的核心思想，她的画作不仅是艺术的再现，更是对内心情感的表达。中国画以意境、气韵、格调为最高境地，而唐静则通过自己的努力，不断迈向艺术的新高度，为中国画注入了更为丰富的情感和内涵。

唐静，是一位用心灵之笔勾勒出的江南画者，她的作品如同一首古诗，让人感悟到艺术的深远之美。

陈太明

《出淤泥而不染》
68cm×68cm

《运河一角》
68cm×68cm

画家江甩菊的绘画语言

江甩菊

中国女子书画会会员，中国十大杰出女企业家。

幼时生活环境清苦，喜爱绘画，早年于学校任职主任兼授课老师，后开创事业，担任雅郦化妆保健品有限公司董事长，其间于商场上叱咤风云的她，仍不忘初衷，利用工作空档精进画艺，拜欧豪年、孔依平、叶君萍等名师门下，成为一名专职的艺术创作者，从传统扎根，油画、水墨并习，更接触陶瓷彩绘等工艺制作，转益多师、精益求精。传奇多彩的人生经历，本身除了是中国女子书画会会员之外，2021年获中国十大杰出女企业家殊荣肯定，因此有人称她为总裁画家江甩菊。

创作者早期受到东方文化熏陶，描绘一系列以龙为主题的创作，龙是中国神话与传说中出现的一种动物，龙与凤凰、麒麟、龟一起并称"四瑞兽"，在华夏民族中有崇高的地位，象征皇权，代表尊荣，也是走运和成功的象征。"祥龙献瑞系列"以海、天、宇宙为背景，描绘或泼彩的方式呈现珊瑚群或云彩，期许蒸蒸日上，生活的一切登进为更好的样貌。创作者在作品中描绘想象中的龙之外，加入近期"能量球"的运用，既有东方吉祥寓意，亦有创作者个人希冀带给观者生活满满的能量。

"女人花·瓶中语系列"则以绽放的花来暗喻女性对爱的各种表达方式。每一瓶花像是不同姿态的女性，将她们最美的样子展现在观赏者眼前。创作者创作的瓶花，表现女性的笑靥如花，因此"花"都是盛开、色彩缤纷的，而「花瓶」如装着各种话语、情绪的容器，与"花"相映，成为一拟人化的瓶花，令人玩味。在此，创作者欲以"能量球"的造型贯穿创作的思考，它代表了创作者对他人的祝福，以及世间的美好。

"圆花·春山行旅系列"以圆形构成花、草，描绘了四季如春的景象。春日之后，许多不知名的小花、小草，在一年里不同的季节展现它们顽强的生命力。

《女人花·瓶中语》系列 -67
77.5 cm×36cm 复合媒材画布
2023 年

《祥龙献瑞》系列 -4
80cm×60cm×3cm 复合媒材画布
2020 年

锲而不舍的金陵女画家

朱灿，原名朱美霞，1957年生于南京。江苏书画金奖艺术家，中国高级美术指导师，中国艺术家数据库秘书长，世界文联会员，金陵书画社副社长，中国女子书画会会员，新金陵二十家之一，《江苏书画艺术家档案》第一卷收录名家。

朱灿工笔绘画主题鲜明，设色合理，构思严谨，画作布局美观大方，古秀雅致，层次清透，画面艳丽脱俗。朱灿游历山水数十年，创研出工笔与写意山水相结合的绘画技法，画出自己独特的笔墨语言。她用优秀的绘画作品歌颂了祖国的锦绣河山。

朱美霞出生于江苏省南京市一个普通的工人家庭。自幼即热爱绘画，常常沉迷其中，以至于忘却了周遭的一切。一次她在烧饭时画人物素描，却不料因此将饭烧焦，父母下班回家后非常生气，怒斥道："画画能当饭吃？"是的，在那个年代，绘画不被认可，被视为"不务正业"。然而，绘画让朱美霞感受到了艺术的魅力，无论是平凡的日常，还是激情澎湃的时刻，她都会用画笔将它们描绘下来，从此，她的人生就一直与绘画为伴。

在校读书时，朱美霞就展示了出色的绘画天赋和才华。她的作品经常被放在学校报刊栏，得到了老师和同学们的高度评价和认可。她还会利用碎布片等不起眼的材料，将其拼凑成各种形态的山水画、人物、花鸟等，不同颜色和质地的碎布片被她巧妙地拼接在一起，形成了精美的艺术品。

在初学画的过程中，她通过临摹历代名人画作，如沈周、王蒙、李古禅、吴昌硕等，来学习和掌握绘画技法，后又拜南京艺术学院薛珍教授为师，学习了两年，更加努力地提高绘画水平。

金陵是中国古典文化和风雅文化的代表城市，其文学之昌盛，人物之俊彦，山川之灵秀，气象之宏伟，造就了诸多文人雅士。朱美霞受环境熏陶，其作品也充满了"金陵画派"的基因。"金陵画派"画家对于晋唐、宋人的写实性绘画非常推崇，注重游历写生，直接将身旁熟悉的景物入画。她也如此，几十年来，她利用业余时间，坚持写生、临摹、创作，在外看到创作需要的花花草草，瓶瓶罐罐会

《国色天香》 136cm×79cm

摆出形来进行写生，经常半夜起来，抓住灵感进行创作。因此，她的花鸟作品惟妙惟肖、典雅秀丽，给人一种朴实亲近的乡土感情；而她的山水画则雄劲秀拔、坚挺劲峭，展现了她特有的雄劲、苍健、明快、劲爽的绘画风格。通过自己的不断努力，她的作品在省、市级展览中多次获奖入围，在社会上获得了广泛的认可。

因仰慕何香凝、陈佩秋等老一辈艺术家的才华，又热心公益事业，她积极参与中国女子书画会的重建活动，从第一次画展至今，始终不缺席，成为最坚定的成员之一。

朱美霞的艺术成就不仅仅在于她的绘画技巧，更在于她对绘画一直的热爱和坚持，在她的艺术创作中，她始终秉持着对艺术的敬畏和热爱，始终保持着对生活的敏感和洞察力。她的作品不仅仅是艺术，更是对生命的一种表达和追求。

《静夜花间莺细语》 37cm×68cm

吴春惠

中国女子书画会会员。硕士学位教育背景。擅长水墨、油画、素描、书法、陶瓷创作及教学，系当代书画名家中的代表人物。

1985年拜王荣武教授（贵州都匀人，师从溥心畬、林风眠、黄宾虹等水墨宗师）名家，习画长达二十二年。主张艺术是一种疗愈行为，是画家灵魂的舞蹈，体现人生价值的途径。通过画笔表现对大地与人文的关怀，透过笔墨的符号，表现出现代水墨独一无二之臻美性、现代性、创造性。先后出版《吴春惠画集》《吴春惠作品集》《水墨与彩釉的对话》等多部艺术出版及相关论文。多次举办个展，数十次参加海内外举办的艺术大展、国际文化交流活动，屡获金银大奖，并获艺术和平天使、国际杰出女画家等荣誉称号，作品被藏家和机构广泛收藏。

自2005年成立暄风画室，专注于水墨教学及艺术创作。

在心源体悟中治愈人心
——观吴春惠女士画作有感

在当代中国画艺术界内，吴春惠女士的作品造诣无疑是别具一格的，而她之所以能够达到这种高度，一方面是得益于她那深厚的文化修养，另一方面是受益于她对中国传统丹青艺术的再创造性探索！尤其是在一些形式独特的丹青画作中，她更是能为我们展现出极高的美学理念和前瞻精神，从而使作品可以不断迸发出全新的艺术表现力。不是旁门左道的匠俗品味，更不会以奇异怪诞来博人眼目，每一幅作品，都是属于吴春惠女士对自我心源和自然风情的真切体悟！

观其画中笔墨，传统文人画的写意精髓在吴春惠女士的手中已然是有被娴熟掌握，用笔完全没有浮滑或趋媚之意，而是能在写意的内蕴中尽生自然妙意，所以从技艺上来看，吴春惠女士的用笔之道也不仅仅只是体现出了她那高超的挥毫功底，对于文人画韵的传移模写，她也同样都可以在笔法的根基上予以实现！古人画山水有云，是谓笔法既领会，墨法尤当深究，画家用墨最吃紧事。而吴春惠女士的用墨恰恰就达到了一种笔墨相生的权衡之境，尤其是在雪景山水画作中，她更是能将黑白的虚实关系进行统一把握，从而在钛白和水墨的糅合中展现细腻的雪景肌理，俯瞰取势，气象巍峨，险峭的山岩，斑驳的飞雪，枯木点缀山野，积雪营造氛围，每一处情景都可谓旷逸而不失静远，透过画面仿佛就可以令人感受到一股清冽之气扑面而来！瑞雪呈祥，心旷神怡，臻品之作，价值可藏！

看得出来，吴春惠女士对于中国传统画的汲取并非是生硬的搬照式，而是能在取法的过程中蕴含浓厚的自我风范和

《雪山印象》 70cm×140cm

《瑞雪丰年》 70cm×140cm

审美立意，并以自身的情感思绪去升华和观照自然情景，最终让作品可以成为风格独树的艺术典范。另外，她将艺术创作形容为一种疗愈行为，这种理解也更是值得称赞，毕竟随着时代的不断变革，人心的浮躁愈加强烈，画坛也是一样，观赏者要想在当下众多作品中追寻到一种可以栖息心灵的作品画面，更是难上加难。而吴春惠女士的作品一经问世，就常常受到画坛观众的关注，其根本原因就在于她为作品所赋予的精神诉求！

在心源体现中治愈人心。一幅画作若是不能给人带来心灵上的启迪和审美上的享受，那么就必然是会陷入千篇一律的庸俗境地。尤其是在中西文化激烈碰撞且又相互融合的当下，画家的创作主张和发展方向更是要保持着十足的清醒，而吴春惠女士显然就是成功走出了一条属于自己的艺术道路，并且近来她有意拓展了作品画风，创作了一批具有西方寓意式的作品。所以从这一点上来看，吴春惠女士的绘画创作空间还是颇为广阔的，在此，我们也由衷祝愿她能在不久的将来取得更多的艺术成就，佳作迭出，令人期待！

罗扬

（著名书画艺术评论家）

邓帼城

毕业于广州美术学院国画系研究生班(1994年至1996年),花鸟画家,师从方楚雄、周彦生教授,现为中国女子书画会会员、广东省美术家协会会员、广州市美术家协会会员,职业画家。本人从小喜欢画画,深受父亲邓乐琴的影响和教导,艺术水平得以提高,其中有作品入选全国美展和本市的画展,获金奖和优秀奖。

清新素雅,意态天然
——邓帼城工笔花鸟画赏

桃之夭夭,彩蝶迎风纷飞;紫藤春意,孔雀翩翩起舞;和雀花开,玉带红装摇曳;梨花天香,风姿绰约高华;鱼翔浅底,悠然自得、……知名女画家邓帼城善画工笔花卉草木、翎毛草虫之类,常游驻于春郊夏园,摹写春华秋实,求其情状,工巧精细出乎宋人画意,设色典雅。其笔下的鸟虫禽鱼机巧自如,花草树木摇曳生姿,画面总能精妙华滋,生机益然;构图布局饱满方妙,造型穿插参差有致,给人以一种清新素雅,意态天然的生趣。

著名理论家牛克诚在探讨“工笔画作为中国画新语言的法度意义”时写道:“当代工笔画是通过‘画’的语言方式与现实相密切相连,在表现现实的丰富性、真实性及直接性方面,优越于水墨写意”。正是工笔画这种艺术特质,让工笔画艺术更利于适应当代人的视觉认知,从而更容易获得大众的亲和力。画家邓帼城在众多的画种门类中选择了合乎其审美品性的工笔花鸟画,并笔耕不辍,辛勤研习数十余年。重视造型、尊崇色彩、精于刻画等艺术观念应是传统工笔花鸟创作的基础,其精勾细描、层层渲染等的艺术手法,正好发挥其细致描绘物象,善于营造画面氛围的之术初心及艺术专长。邓帼城用工笔画的“画”性,将源于自然的万物与自我思想和内心世界充分结合,所以,她笔下的工笔花鸟画呈现出一派虚室生白、清澈明朗的境界。

工笔画贵“平淡”,这里所说的平淡不只是“淡乎寡味”的“平淡”,而是追求“中和平正”,平凡中见出“淡

而味长"的真趣。"平淡"曾是宋画最突出的
美学境界。也许正是出于对"平淡"美学的热
切追求，在众多的花鸟画题材中，邓帼城可谓
对梨花情有独钟。1995 年，她曾随广州美院老
师一起到海南岛写生，与梨花林的美景初次邂
逅，自此以后，梨花就成为其恒久创作的题材，
更成为其艺术创作的语言符号和专攻方向。邓
帼城笔下的梨花有着"自然"与"自我"相结
合的属性，梨花脱俗清雅的自然属性和淡雅之
态，写尽其内心寄味天然、虚淡、淳朴、淡泊
的"自我"之情。同时，在画面视觉上，她通
过梨花纯净洁白的花瓣与青绿灵动的叶子的和
谐组合，抒发对平淡恬静、静谧安逸的理想生
活的憧憬与向往。

　　传统中国画的艺术长成路径，极为艰辛崎
岖，要在其中占有一席之地，独树一帜者，非
甘于寂寞，安于见识，超然独到，又能长于思
考，不断磨炼技艺，拓展所长所不能达至也。
女画家邓帼城从最朴实的生活题材出发，遵循
"源于自然，归于恬静"的艺术初心与理想，
日复一日，年复一年，将全部的时光和生命融
入到艺术创作中，我们已然见其工笔花鸟画艺
术，亦随着其自身修养境界的提高，随着其笔
墨技巧的日趋成熟，随着其情感体味的日渐敏
锐深化而更入佳境。唯愿其人其画，与日俱清，
与日俱精。

卜绍基

（广东画院美术馆副馆长、专职理论家）

《幽香》　120cm×120cm

《凌春飞鸣》　120cm×240cm

众说邹莉

邹莉

中国美术家协会会员，中国女子书画会会员，广东省文史馆员，原中央文史馆书画院研究员，原中央文史馆书画院南方分院副院长，广东中国画学会理事，佛山市美协名誉主席。有千余件作品面世，在全国和省级画展中多次获奖，有七十件作品被国内外公共机构收藏，出版有十多部个人画册。在国内外曾举办过五十多次个展。

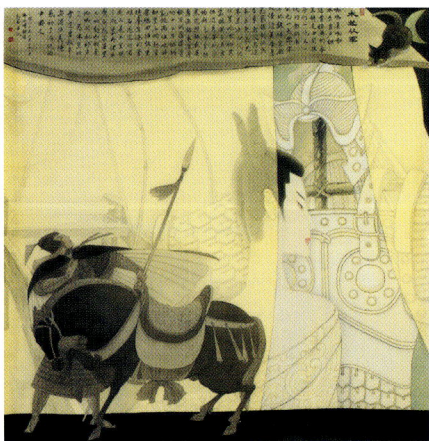

《木兰从军》 130cm×130cm 2022年

邵大箴（中国当代著名艺术理论家，中央美术学院美术史系教授）

邹莉是一位专注于研究和表现中国古代女性命运的杰出画家，邹莉的名字和绘画创作在业界和观众中广受到关注和好评，用艺术语言反映历史事实，是她受现代女性自觉意识的驱使表现出来的社会责任感和担当精神。她近二十年来把目光和精力用在对武则天一生的认识、研究和创作，完成大型工笔长卷《武则天》。画面艺术地反映武则天一生起落的历程，描绘相关人物达五千八百六十五个，堪称一部巨幅史诗性人物画力作。面对这幅气势浩瀚写历史人物的长卷，我们可以想象这位意志坚强、具有不屈不挠精神的女性作者所付出的艰辛！我以为，这件鸿篇巨制也是我国当代女性聪明才智和旺盛创造力的象征！

梁江（中国美协理论委员会副主任、中国美术馆原副馆长）

邹莉以女人的敏感、细腻，以一种本能的直观去解读一些历史上的女人，诠释她们的生命。邹莉画的是自己对历史、对传统、对文化的独特理解及自己的内心感悟。用自己的眼睛去看历史，恰好正是邹莉人物画的意义之所在。表明了她特别的一种创造潜能。传统加现代，便是她作品的另一个特征。对于我们来说，邹莉眼中的历史，邹莉的感悟，以及她的审美，未尝不可以作为观照传统

《武则天》第十三段"母仪天下"（局部）
1370m×91m 工笔长卷 1998 年 –2019 年

文化的一个借鉴。我认为目前还没有一张那么大规模、长篇幅的现代工笔画，这幅罕见的力作，在当代中国画是先例，是邹莉几十年来艺术行旅中出现的必然结果，是一个艺术高峰，应从历史的角度、文化的角度、艺术规律的角度作进一步解读。

刘曦林（原中国美术馆理论研究室主任、中国美协理论委员会副主任、国家画院研究院副院长）

邹莉这幅作品是大制作、大手笔、大志向，从女性视角对武则天作历史性的思考，带有浪漫性、写意性、现代性和装饰性，还有人性。

邹莉坚持用二十年时间完成这张画，耐得住寂寞，这是非常可贵的艺术态度和艺术精神。工笔长卷《武则天》是可以传世的精品。我想可以放到国家博物馆、国家美术馆里去!

奚静芝（中央工艺美术学院史论系教授）

在《百妃图》里，可以说是体现了传统与现代的结合，东方和西方的融合。体现了女性画家选材的独特视角，她线描的功底非常深厚，视野宽广，即便现在插图画家的线描功底，能赶上邹莉这样的水平也不是很多。我觉得邹莉是难得的女性画家，我们妇女中有这样一个画家，我感到很骄傲。

但留清气满乾坤

江恩莲

中国美术家协会会员、中国女子书画会会员、中华诗词学会会员、中央文史馆原南方分院特聘画家、广东省美术家协会七届理事。毕业于广州美术学院，活跃广东画坛数十年，展览、获奖、出版众多，以画人物著称，兼画翎毛、山水，能工能写。

近年国画作品入选 2017、2021 年《全球水墨画大展》，三届"国际著名艺术家澳门交流展"。2015、2017 年《长伴和平》《远思》被联合国禁核试条约组织、联合国收藏。2023 年创作《中华英杰》《梦回聊斋》系列视频问世。

江恩莲数十年来坚持在艺术的道路上艰辛跋涉，作品参展、获奖、出版无数，并在国内外举办多次个人展览、联展。

她的画风淳朴，不取巧异变，从传统中来又不拘泥于传统，在传统的基础上融入新意念，有创意。中国美协副主席林墉先生当年对她的作品评价："这静的境界并非易得，而是更有能耐、更入骨的渗透，是画境理性的把握，没有太多的华饰，就风骨而言，有宋代遗风。"

她创作了不少有思想深度、有中华民族优秀传统道德的历史巾帼人物，也创作了不少反映现实生活的题材。早在二十世纪八十年代，美院师生下水乡体现生活，她根据岭南水乡体育运动的特色，创作了《欢腾的榕乡》，热闹又新奇，四条小船在河里拔河比赛，后来这幅画分别入选了第二届全国青年美展和迎接新世纪中国工笔画大展。之后，年年积极创作，收获丰盈，如工笔画《才重骆宾王》表现了一代女皇武则天胸怀宽广、重视人才，被杨之光教授选入他的师生展，又曾与杨之光教授合作了一幅工地战场的画，竟被美院保留并展出。还创作了辛亥革命运动中牺牲的英烈秋瑾、中国第一位专注研究纺织技术的黄道婆、纵横南宋词坛的李清照等作品。

2014-2017 四年内有《傲视苍穹》《绿云清韵》等六幅作品入选中国画走进联合国多项大展，其中《长伴和平》《远思》被联合国禁核试条约组织、联合国收藏。近年又创作了被周恩来总理誉为"中国巾帼英雄第一人"

的南粤先贤洗夫人组画。还有《中华英杰》《梦回聊斋》系列视频，香港云峰画苑多次为其举办画展，入选三届《国际著名艺术家澳门交流展》《全球水墨画大展》。前期工笔为主，后期工写结合，并擅古典诗词，诗词是艺术的灵魂。她深思熟虑的选题和构思，彰显其鲜明的特色。

江恩莲不知疲倦地走着艰辛之路，走得很踏实，有诗云：不要人夸好颜色，但留清气满乾坤。

《聊斋·宦娘》 70cm×68cm

《洗夫人南岛春风》 291cm×180cm

我的从艺经历

王晓燕

中华诗词学会会员，
中国女子书画会会员，
无锡市书法家协会会员，
无锡市作家协会会员，
钱松喦艺术研究会常务理事，
无锡市民族书画院理事。

　　我与书法结缘，是十五年前的一场意外病患。那年我因患胸膜壁瘤动了手术，元气大伤。为了身体尽快复元，根据医生的建议，我开始学习书法，师承无锡市书法家协会副主席、著名书法家张惟威老师。我记得当时张老师拿了几本字帖来我单位，让我挑一本，我选了智永的千字文书帖，他说："看来你与智永有缘噢！"当即鼓励我，书法审美有眼光。从此以后，我怀着锻炼身体、修身养性的期望，坚持每天利用空闲时间，一笔一画在田字格里临帖习书，由此开启了走上书法艺术之路的大门。

　　以后的岁月里，我紧随老师，一步步迈入书法艺术的殿堂，感受到中国书法的博大精深。书法真草篆隶，不仅仅是横竖撇捺、运笔点画、浓湿枯淡、结构布局、跌宕章法……书法里还有二十四史、《资治通鉴》；有孔孟之道、佛教道教，有楚辞汉赋、唐诗宋词……遨游在书法的海洋里，我陶醉了！

　　我先后练习了王羲之的《兰亭序》《圣教序》，赵孟頫的《胆巴碑》《赤壁赋》《洛神赋》，吴昌硕的"石鼓文"，练习了孙过庭的《书谱》，黄庭坚的草书，在临摹古人先贤的碑帖过程中，为提高自己的文化底蕴，我又学习了书法史、古文学、古诗词等。写出了七绝"管社山庄荷花吟"，七律"梅园百合花吟"等诗词，刊登在《中国诗词》杂志；古人云：读万卷书，行万里路，我还经常写散文游记，一篇"笔墨情"文章，获得改革开放四十周年征文奖，刊登在《中国老年报》。华夏文化的滋润，书法

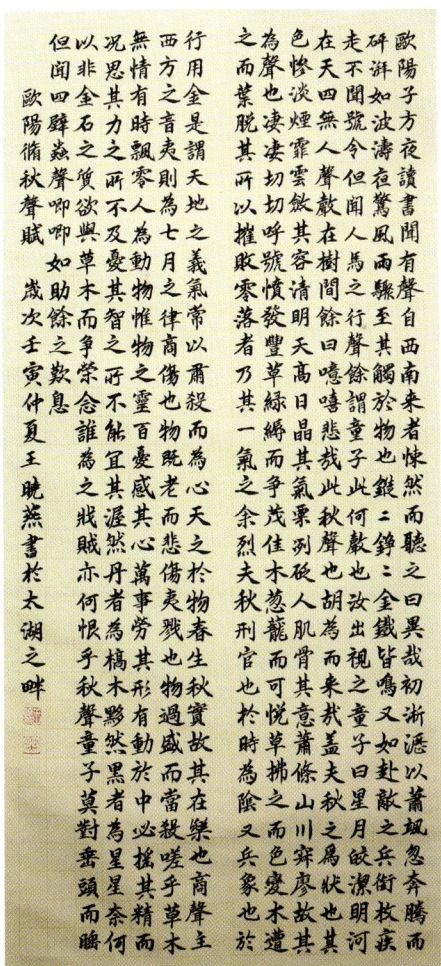

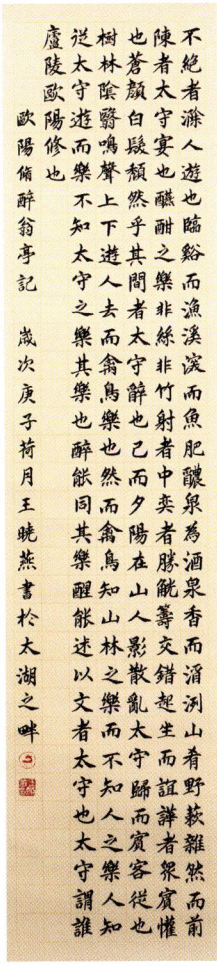

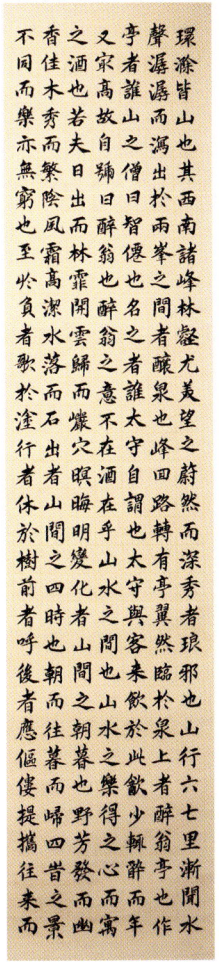

水平也渐行渐进，创作了《岳阳楼记》《醉翁亭记》《千字文》《秋声赋》《桃花源记》《喜雨亭记》等书法作品，还自撰对联、自作诗词等。先后参加了市级以上多种展览。

在 2015 年至 2018 年间，先后参加了苏州市革命博物馆"民族魂民革苏州无锡书画作品联展"，无锡市书画院民革无锡市委"纪念孙中山诞辰 150 周年"书画展，上海市图书馆"中国女子书画会作品全球巡展—上海首发"展览，赴台湾花莲美术馆，参加无锡中山书画特展，作品韩愈"早春"录用为江南如画请帖，南京江苏美术馆参加"江苏民革成立 70 周年，纪念何香凝诞辰 140 周年书画展"，作品何香凝的梅诗获得江苏省美术馆纪念证书。

我在学习探索书法的过程中，积极参与社会公益活动，每逢春节为无锡市民书写春联，还为无锡市伯渎河艺术公园，书写"饮水思源""蝶恋花阶"的石刻，传承中华文化。

书静心灵，书净心尘，书尽心韵。练习书法十五载，虽然艰辛，但更多的是收获。书法，充实了我的生活，开阔了我的眼界，净化了我的心灵，也使我的体质有所增强。

十年磨一剑！我深感书法艺术永无止境，路漫漫其修远兮，吾将上下而求索！

邱 素 美

1964 年生，中国女子书画会会员。2015 年作品《山中精灵》入选第十二届全国美展。擅长水墨工笔创作及教学。从自然中汲取着无尽的灵感，从传世名作中摹刻出画中真意。

追求在自然花鸟风景，带给观赏者一种极其纯净的审美气息，繁盛中充满着秀丽，天趣中蕴藏着静谧。画面运用不同的媒材、泼墨融入工笔画，表现出时代创造性。

妙笔传神 造诣卓绝
——记著名画家邱素美

浮躁的社会环境总是会让人对宁静感趋之若附，在丹青艺术上也是一样，尤其是对于观赏者而已，要想在如今匠俗横流的画坛内找到一份可以寄托心灵的佳作，确实是难以如愿。但作为当代工笔画艺术的前沿性人物，邱素美女士的艺术造诣则无疑就是能够令人为之由衷倾心！对她来说，工笔画的创作并非只是依靠于单纯的娴熟技艺，自身的美学素养和沉静心态才是决定一幅工笔画作能否升华的关键要点所在！由此，邱素美女士从来都不会选择描绘一些脱离实际的东西，更不会因被潮流时风所干扰，而是能够着眼于自然状态下的寻常花鸟风景，以此带给人一种极其纯净的审美气息，繁盛中充满着秀丽，天趣中蕴藏着静谧，这便是邱素美女士工笔花鸟作品的整体风格！

从艺术角度上来看，虽然传统工笔的创作是注重于形之似，但这跟西方写实主义的表现却有着本质上的分别，因为无论是工笔画作还是写意画作，其根源都是离不开传统文人画的精神特质，这是西方油画艺术所不具备的。邱素美女士显然深谙于这一点，所以从她的工笔画作中来看，虽然花鸟形神都力求于形似，但却不失于一股文人画韵的抒情流露，是谓以形写神，画意隽永也！而如此高超的工笔功夫，笔下的物象形神自然也就是能够达到一种神完气足的境界！随物赋形，随类赋彩，纤毫毕现，令人叹服！

与此同时，更为重要的还有她对作品画面的布局能力，不管是取景的构图，还是动静的搭配，在邱素美女士的笔下都是可以形成一种视觉观赏体验。比如残荷池塘中的落

《瀑落枫红白鹭间》 70cm×140cm

《卧清波》 58cm×100cm

枝飞鸟，红枫紫藤下的鸳鸯静禽，亦或是幽谷飞瀑下的群居白鹭，种种画面题材皆富有自然之趣，犹如真实情景豫在目前！神来之笔，活灵活现，花鸟世界，沁人心神！

　　妙笔传神，造诣卓绝。对中国画艺术来说，理论上的"创新"事实上是并不存在的，毕竟中国画艺术早就已是有形成了十分成熟的审美体系，而作为后人要做的就是该如何在传承古人的基础上树立自我风格，从而望其项背。因此那些所谓的革新和创新，大部分要么是过于刻意的做作派，要么就是盲目求索的异化派。但幸运的是，当下艺术界内仍是有一批实力派

画家可以树立创作典范，像邱素美女士就是其中的一位佼佼者！作品既有外在的唯美画风，又有内在的清气乾坤，每一幅画面可谓都是有代表了当代工笔艺术的最高创作水准！不单如此，在工笔文化的学养方面上，邱素美女士更是曾相继出版了个人花鸟画集和工笔绘画研究论文，对当代工笔艺术的未来发展可谓是影响颇深！造诣之高，有目共睹，臻品典藏，意义重大！

罗扬

（著名书画艺术评论家）

杨秀樱

中国女子书画会会员，书法、山水、花鸟班教师，专业水墨、书法、篆刻、油画创作书画家，荣获艺术联盟第二届精英奖。

参加 2024 年 5 月中国女子书画会成立 90 周年——前世今生风采展（浙江展）。

我的父母手艺出众，经营一家百年糕饼老店，有口皆碑！感谢父母遗传给我聪明乖巧的好基因：能歌善舞，绘画园艺无师自通，再加上有缘受教于名师之下，自幼儿园到如今七十多岁了，感觉自己永远是幸运的，对艺术及学业都充满了活力及创作灵感！

能够与书画结缘，学习书法、山水、花鸟，完全是兴趣，学习过程轻松快乐。在老师的鼓励下，年年举办个展，佳评鼓舞我力争上游；启蒙老师依序是小学江明贤老师、蔡本烈老师、程梅香老师、王诗渔老师、王南雄老师、李奇茂老师（三跪九叩拜师入门）。

画风依年龄的增长，游遍台湾的小而美的山川流水，三十多年来遍游大陆的名山大川；见闻更加广博，感动也更多！创作灵感油然而生；画风由极具写实，且传承传统的笔墨，逐渐生发出自己的独特风格及开发创意的技法。

2020 年体重一天天下降，检查出卵巢癌，即刻手术化疗；刚好三年疫情，大家都不得不休息，我也完全恢复健康！从此告诉自己身体健康要养好，才能够持续地陪着学生们开心写书法、画山水、画花鸟、唱歌、打太鼓，持续做体能运动，保持灵活的体能，持续创作喜爱的书画。

四十多年来，参加了许多书画交流展，也结识了山东、河南、西安、成都、沈阳、黄山、浙江、安徽、福建、广东……的许多朋友，永远记得有一次合作画大约有 3 米长，最后是由陈佩秋教授总整理及落款，多么荣幸的经历啊！

期望"唤醒的历史"追忆往昔美好的合作，快乐的回忆，将伟大美好的历史传承更发扬光大！

杨秀樱

《金秋神韵》 136cm×69cm 彩墨

《峰峰相连到天边》 136 cm×69cm 彩墨

钟情翰墨，艺趣升扬

黄灏珊

中国女子书画会会员。上海中医药大学毕业。从小喜爱音乐与绘画。希望传承父亲的彩绘艺术，弘扬经典文化，在继承的基础之上，不断创新，以期提升个人艺术品格、素质与涵养。

作品包含有油画、水墨、雕刻、陶瓷彩绘等，艺术创作多元且风格独特。借由颜色赋予色彩，点、线、面的律动，自由、活泼、奔放的明亮强劲生命力。追求生命真、善、美的情感表达。用笔自然，不受传统绘画约束的创作方式，呈现出不同的意念与思维，将艺术美学无限延伸。作品在中国的北京、浙江、福建、香港，海外的美国、泰国、韩国等地展出与被收藏。

绘画是一门美的艺术，凡能给人愉悦、激励人之情感，接近人格情操，提高活力，中和态度者，皆为美。美术之目的，不仅移风弄月，自娱消遣，还可怡情养性，美化人生，更可以文会友，广结善缘，感染人心。以法理情之层次表现，臻达真善美境界升华。

黄灏珊女士，祖父黄江河、父亲黄水木均为庙宇彩绘名师，伯公黄海泉则为享誉当代之汉学、书画耆老，缘于家学，耳濡目染，自幼对绘画即具浓厚兴趣。囿于学业及婚后全心辅佐家业、相夫教子，暂辍艺术兴趣追求，俟家业有成，儿女亦已就学，为偿宿愿，乃于二OO三年旁听于小区大学艺术课程，抱持兴趣投入，借书画怡情休闲，并因翰墨情缘，参与诸多艺文社团，广结善缘，浸浴翰海山水，怡然自得，殊是乐也。

灏珊女史兴趣广泛，勤勉为学，多师广义，山水、花鸟所涉颇广，以传统入手，精博兼具，并以经典为本，融以创意蕴求，期表新貌意象脱俗之实践。其山水以闽南画派为宗，兼擅重彩水墨之融汇，表达云海墨染意趣，抒发自然，别具艺韵。花鸟则工笔写意互映，取其精妙，益显风格。后闲适养性之兴趣参与。至浸淫艺术之浩瀚，复因长期辅佐经营钢铁事业，深体科技工业融入人文艺术涵养，潜移默化，更可提升产业文化之人文气息，亦提供艺术创作展览，为生硬印象之钢铁工业注入雅致艺术氛围，实属可贵。

敦品笃学，法古乎工，外师造化，中得心源，画艺

《红林入秋》 120cm×72cm 2016 年

之精进，自有一股娟秀高雅之气质。灏珊女史
思借艺术熏陶，寻求心灵表达，带动企业艺文
层次升华，在理工精微中，灌注美感活泉，犹
属难得。顷者，渠以近作告之，言将以"黄灏
珊书画陶瓷集"为端，汇编成册付梓，记录其
阶段所学成果，并激励自我成长，嘱为一言以
介之，其浸浸不已于艺海求道，进取不辍之精
神，令人感佩，值此盛遇，援书数言以为序。

《云山听涛》 120cm×71cm 2016 年

陈志声

明心见性　书画为伴

顾晨洁

1976 年 8 月出生在上海，师从丁申阳、刘小晴，现任上海市书法家协会会员，江苏省书法家协会会员，上海市青年书法家协会副秘书长及正书专委会秘书长，上海市静安区书协会员，江苏省无锡市书协会员，上海戏剧学院书法高级研修班毕业。

上海市第十、十一届篆隶书法展获最高奖，上海市第九届篆隶书法展、上海市第五届妇女书法展、江苏省第三届妇女书法展入展；在《书法》杂志、《书法报》发表多篇专业论文，刊登个人书画作品；受邀参加海峡两岸第八届、第九届、第十届"艺术新天地"论坛及书画展，并作主旨发言。

顾晨洁曾在中共上海市委办公厅、共青团上海市委工作，任共青团上海市委权益部副部长、上海市社区办服务处处长，第六批中国青年志愿者赴老挝服务队队长并受到中央领导人的接见；北京 2008 年夏季奥运会上海火炬手，是共青团中央"青年群英会"受邀代表。2008 年辞去公职，自主创业，现为上海创业指导专家志愿团常务理事，兼任上海大学、上海财经大学、上海戏剧学院、上海城建学院、上海音乐学院、上海外经贸大学、上海行健职业学院等高校创业导师，上海大学 MBA 学院企业导师；担任上海老年大学经典国学部"书画欣赏与艺术哲学"课教师。

一直以来，顾晨洁无论是入仕还是经商，都不放弃对人文情怀的追求，在艺术道路上，与尊师道友一同成长，将行万里路、读万卷书的经历倾注笔尖，放下世间纷扰和功名利禄的追逐。

近几年，顾晨洁在书法创作上取得了优异的成绩，她在 2022 年上海市第十一届篆隶书法展获最高奖，2021 年上海市第十届篆隶书法展获最高奖，2021 年上海市第五届妇女书法展书法作品入展，2021 年江苏省第三届妇女书法展入展，2020 年上海市第九届篆隶书法展书法作品入展。她在 2023 年第十二期《书法》杂志发表《明代中后期书画消费与文徵明书画风格嬗变》，2023 年 8 月《书法报》发表《孙过庭〈书谱〉的美学思想及现实意义》，2023 年 1 月《书法报》发表《书法与佛法同修 —— 试论张

绘画作品 18cm×25cm

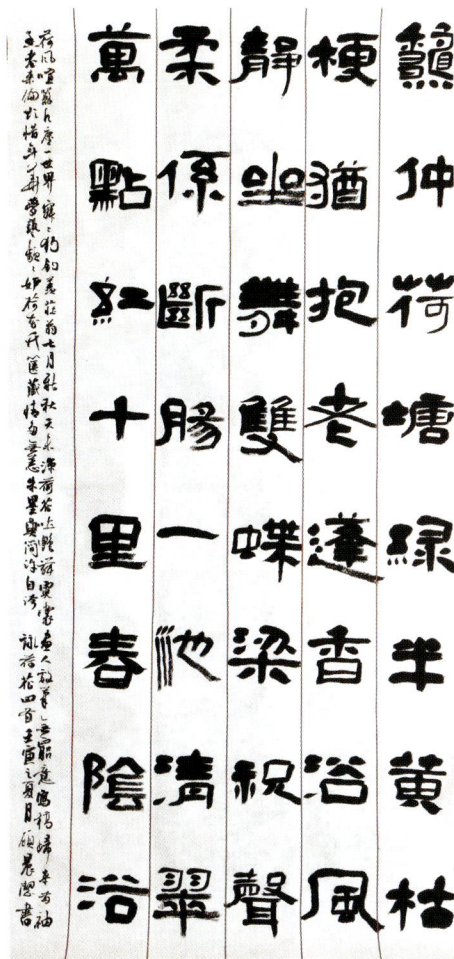

书法作品 180cm×96cm

即之禅宗书法的价值》、2021年11月《书法报》发表《"双减"背景下青少年书法教育现状与对策分析》，2023年4月7日《书法报》受邀发表国画作品及创作感言和个人简介。2018、2019、2021年，她连续受邀参加第八届、第九届、第十届海峡两岸"艺术新天地"论坛及书画展，并作主旨发言。

顾晨洁认为艺术活动只是人们感受美、接近美、创造美的工具，最终还原生命的本质，这是个明心见性的过程，此生很短，因此可以适性具足，坐忘逍遥，诗文相随，书画为伴，最终活成自己喜欢的样子。一笔一画间晕染开的不仅是对八千里路云和月的思索，更是一心的澄明，相信最终，修行而来的悲悯之心自会指引人们走向所希望的艺术道路。

杨小宁

中国女子书画会会员，中国国家一级美术师，毕业于北京清华美术学院，中国美术家协会陕西分会会员，西安外语学院国画系客座教授，两岸文化交流总会评审委员。

专长：写意花鸟，新汉画，博古画。中南海收藏两幅作品：《凤凰天使》《雅韵清虚》。

作品收录于多家书画名家画集，作品在中国内地和台湾、香港地区，海外美国、澳大利亚、日本、法国、泰国等地展出、获奖并被当地政府及收藏家收藏，经常参加公益义卖活动并全款捐赠。

新汉画 融合中西方美学

杨小宁自幼习诗书画、剪纸及刺绣等艺术门类，可以说是名副其实的大唐才女。

近年来潜心研究中国画美学理论继承与创新的杨小宁表示："在吸取古人艺术精华的同时，我尝试将中国传统笔墨技法、古典绘画、民间艺术及西方艺术熔于一炉，创作出属于自己的笔墨语言与绘画技法。我在陈忠志、王忠义两位教授带领下开启水墨世界，书法是师承青海国画院副院长宋建章，新汉画是北京清华美术学院国画导师王阔海亲传。

王老师多年后再看到杨小宁的新汉画时曾大赞："我把汉代的气接到现代，观杨小宁画，了不起，墨入法耳，可喜可贺也。"由此可见，其为新汉画第一传人。艺术评论家、文人画家姜也老师曾评论："杨小宁是借古汉之杯爵，斟满个性化的美酒，酣畅淋漓地抒发自己的人文情怀。"

杨小宁的国画艺术体系概分三类：其一为立体玫瑰，自创重复点垛法的作品可谓高贵美丽，清新脱俗；其二为新汉画，风格古朴典雅、空灵明净，内容狂放而不失精微、洒脱而充满力度。作品《汉唐雄风》是以大写意技法与古汉画石刻中，博大雄厚的大汉民族文化相契合，气韵生动，维妙维肖，可谓博大雄浑含其内、笔墨流韵彰其外；其三为国宝古韵，是写意画与工笔画形成独特风格的绘画艺术，画面力求隽永典雅，整体大气磅礴。

收藏家李文诚表示，杨小宁是位艺德兼备的艺术家，她的作品粗犷中带着细腻，厚重中不失灵动，是艺术创

《富贵祥瑞，鼎盛永泰》 245cm×125cm 2020 年

《富贵祥瑞，鼎盛永泰》 245cm×125cm 2020 年

作与个人修养已臻完美之境的大师。

专家叶泽山曾说过："杨小宁老师妙手丹青、挥洒自如，大器而精微、隽秀而典雅，洒脱中而有力度且充满书卷气，真是耐人寻味。"

艺术家能有些许创新，哪怕是技法上略有突破都是难上加难。杨小宁以古鉴今，不断尝试开发新局，让人不禁对她精彩的未来充满期待与想象。

汉字阁－平雷

邢炎如

号常拓，斋号忘忧轩，1942 年生于江苏南通，中国女子书画会会员。

为圆儿时的梦想，于知天命之年方拜黄君璧大师嫡传弟子张福英老师门下习画。

又有因想专心画事，毅然提前自公职退休，师从胡念祖教授研就山水创作。胡老师曾说："所作山水无论其画面之美感变化，笔墨之皴、擦、深，层次皆可运用自如，笔随心发而能大有可观……"

曾爱心公益义卖画作，得款悉数捐予"9–21 震灾希望工程"，发行《邢炎如山水画辑》及明信片；参加江苏南通博物苑邀请展；出版《邢炎如画辑》；2011 年作品制作年月历；2016 作品制作年月历。多次个展，参加国内外联展百余次。作品深受好评且予以收藏。

《一抹霜叶》　120cm×60cm

《一寸芳心思万端》 69cm×69cm

林英妆

中国女子书画会会员，其作品曾获金奖、银奖及特优等奖。师承岭南画派黄嘉明老师、黄磊生教授、欧豪年教授。雅好插花，造花创作。作品获泰皇及喜好艺术人士收藏。

净化心灵
——林英妆艺术之路

国际文化创意大使、国际杰出女画家林英妆老师大作即将出版，深以为贺。四年前（2020年9月）与英妆结缘于华梵大学佛教艺术系所，其画艺精湛，深获师生赞赏，其气质清雅、亲切祥和，正如冬日和煦的阳光。也正因为她不仅是艺术家，也是佛弟子，才有那种亲切自然、祥和愉悦的气质。

其作品适切地反映她敏锐的心思、独特的眼光、高超的技巧、认真的态度、对周遭环境的关怀及对艺术文化的热爱。

林英妆老师的作品曾获金奖、银奖及特优等奖，除于中国北京、江苏、杭州、厦门，以及台北、香港等地，还应邀在海外日本、韩国、泰国、菲律宾、美国、加拿大、土耳其及伊斯坦堡等地展出，深获好评，获奖众多。

其作品表达创作者内心的艺术理想，体现对自我生命意义的追寻。希望借由本书的出版，能使更多有缘人认识艺术创作之美，其所蕴含的人文、美学、智慧、愿心，能净化人心，祥和社会。

陈娟娟

《庭树知春》 140cm×75cm 设色纸本

《矫翼凌翔》 140cm×75cm 设色纸本

黄斐云

1970 年出生于上海书香之家，从事艺术设计、时尚艺术领域工作二十八年，现任谢稚柳陈佩秋艺术中心馆长，中国女子书画会（筹）秘书处候任高级专员。

黄斐云从小受语文系教授父亲的影响，喜爱在父亲放满书籍书架的书房里流连，阅读各类文学和艺术书籍，任自己徜徉在文化艺术的海洋之中。父亲有着较深厚的书法功底，每次购买新的书籍回来，他总是带着虔诚的仪式感，将每本书籍用牛皮纸仔细地包好封面、封底页，并用毛笔在封面和书脊写上带着浓郁墨香的书名和作者名，小心翼翼地存放到书架上归类，而靠在他身旁磨墨的就是他的女儿——青少年时期的黄斐云。

八岁即由父亲教导临摹柳公权、颜真卿书法，受父亲教育熏陶，黄斐云对文学艺术产生浓厚的兴趣，自己报名绘画艺术班学习素描和水彩画。逢寒暑假，她不喜欢出门和小伙伴玩耍，喜欢一人在家里练习书法。小学、初中时代，是班级黑板报的中坚力量。

随着人生阅历的增长，她一边学习历史文化、饱览诗书文学，一边在时尚艺术设计领域贡献了自己的青春。

2021 年，她重拾青少年时代的爱好和梦想，担任谢稚柳陈佩秋艺术中心馆长。策划名家的书画、文学艺术展览，开展社会美育课堂教育，她系统学习了中央美术学院中国美术史、中国书法史课程，在文化艺术领域继续深造、继续耕耘。

在传播和弘扬文化艺术的道路上不遗余力地前行，这是她余生的课题。

《睡莲》 临摹

▶ 当代活跃成员风采录

祝桦

字灵净，中国书画院理事，中国女子书画会研究会理事，中国女画家协会会员，北京国画艺术家协会会员，宁夏美术家协会会员。师从中国画名家石齐、陈良敏、王培东、唐辉等先生。作品多次获奖、展览，并被外国政要、驻华使馆、企业及个人收藏。

沈小倩

1967 年生，江苏常州人，供职于上海书画院，任办公室主任、专职画师，国家二级美术师，师从陈佩秋先生。现为上海市美术家协会会员，上海市社会经济文化交流协会专家顾问委员会委员、文化理事，中国女子书画会国际会副会长，长三角女子书画院秘书长（上海）。作品多次入选全国、上海市美术展览，由海内外藏家收藏。撰写多篇艺术相关论文，在全国核心期刊发表；策划一系列画展及相关活动。

于茵

1976 年 5 月生于上海。现为中国美术家协会会员、国家二级美术师、上海书画院签约画师、河北东方学院文物与艺术学院中国画专业客座教授、上海市徐悲鸿艺术研究协会理事、杨浦区美术家协会理事、宝山区美术家协会理事、农工党上海书画院画师、中国女子书画会国际会副会长、长三角女子书画院上海院副秘书长。擅长中国画意笔花鸟、兼作写意人物及非具象城市山水。2019 年正式拜师陈佩秋先生，成为入室弟子。

张艳焱

上海市美术家协会会员，上海市美术家协会版画艺委会会员，中国女子书画会副秘书长，长三角女子书画会会员，上海虹桥半岛版画研究中心特约画师，上海逸仙画院画师，徐汇书画协会理事。

何诗琪

1994 年出生。毕业于西安美术学院版画系，擅长套色木刻，综合版画。2015 年，《两个梦》入选西安美术学院"刻刀上的青春第三季——诗性的印痕"诗歌版画联展。2016 年，《赖》受西安崔振宽美术馆邀请收藏。2017 年，《赖》入选"纪念中国女子书画会成立 83 周年——新生代会员书画作品全球巡展"。2017 年，《花开》入选"第一届中国（无锡）国际华裔女子美术作品展"。现为中国女子书画会秘书长助理。

巫浣素

1952 年出生于书香世家，江苏无锡人，擅长写意花鸟画。其作品多次在全国大赛中获奖并入编大典和出版专集；作品曾被中国现代文艺出版社书画院、无锡市档案馆永久收藏；历年来多幅作品被国际友人收藏。现为中国工艺美术家协会会员，国家一级工艺美术师，中国女子书画会江苏分会副会长，香港美术家协会会员，江苏省美术家协会会员，江苏省花鸟研究会会员，无锡新梁溪书画研究院院长。

刘琴
（千瞳）

艺术学博士（在读），厦门工学院国学院研究员、博雅教育学院教师，中国女子书画会会员，厦门文艺评论家协会理事，厦门地名文化协会理事。曾多次参加国内外联展，举办两次个展。2022 年，获"中俄两国艺术家书画联展"佳作奖；2023 年，获"巾帼绽芳华"书画作品金奖。作品收藏于斯里兰卡科伦坡大学、商丘博物馆等处。研究领域：传统艺术文化遗存，发表十多篇学术论文，主持或参与多项省市级科研项目。

侯爱平

江苏省美术家协会会员，南京市美术家协会会员，江北新区美协理事，中国女子书画会会员。

2021 年 10 月，作品《群峰浪韵》入选南京市文化馆举办首届美术书法摄影优秀作品展一星辰奖

2022 年 9 月，作品《随万物生长》入选南京市美术家协会主办，南京市花鸟画研究会承办的"金陵花鸟画七十年——南京花鸟画优秀作品展"。

方霞珍

　　1963 年 12 月出生于安徽安庆怀宁，1986 年 7 月毕业于武汉理工大学，退休前为浦东新区民防事务管理中心主任，书记。现为中国女子书画会会员，浦江画院会员，浦东美术家协会会员。自幼爱好书画，直到 2014 年有幸踏入艺术之门，先后师从沈建人、孙景灏、马斌坤老师，努力钻研唐宋元明清及当代艺术家画作，积极参加新区各类书画活动。作品受到各级领导和画家们的好评。

姚月清

　　出生上海，自幼喜爱绘画，从不间断对绘画学习的向往和追求，尤其是近十多年来得到不少名师的指点和引领，对中国画的神韵不断的探索和研究。主攻写意花鸟画，擅长荷花和鱼，其作品具有雄浑厚重、水墨交融、气韵生动的艺术特色，展现出独特笔墨语言。其作品被中外藏家喜爱和收藏。现为中国女子书画会会员，上海美术家协会海墨会会员，上海浦东新区美术家协会会员，江南女子画会会员，上海中国人物画创作沙龙成员。

李文君

　　江苏常州人，民盟中央美术院常州分院副院长，常州市武进美术家协会副主席，中国女子书画会会员，江苏省美术家协会会员，常州画院特聘画师。多年来在经典传统的中国画传承和发展中不断的创作。作品《云山积翠》《古城春回》等入选中国美协主办的展览；《柳色和烟梦春秋》《探春》系列等入选当代女性艺术家邀请展；《仙居隐烟霞》《春晖》等作品多次入选民盟全国及江苏省美展；《云山得意》《山高云远》等入选上海国画院画展。

王美容
（王禺璋）

　　毕业于广州美术学院，自小酷爱美术。师从鸳湖画派研究会会长张然青老师学习传统山水、花鸟。现为中国女子书画会会员，鸳湖画派研究会会员，广州市国画协会会员，中国女子书画联盟会理事。(INWAC 总会) 国际女艺术家 - 澳门分会委员。作品不论山水、花鸟，均无尘羹俗味，展示了驾轻就熟的精湛技能。在自由挥洒的技法上投入了真性情，注重实物象形，立体效应，故色彩更为丰富，从而完美了技法程式上的高格调，作品千姿百态，引人入胜。

梁爱花

广州美术学院设计系毕业，现为鸢湖画派研究会会员，广州市国画协会会员，国际女艺术家－澳门分会委员，中国书画世界行澳门交流会理事，中国女子书画会候补会员。国画作品多次参加全国各地展览并获奖，并被多家机构及博物馆收藏。联办"惠风·穗台澳女画家作品展"出席三地巡展和交流。入展韩国亚细亚美术招待展；全球华人善文化书画展获国画佳作奖。其画以传统笔墨为基础，偏重表现大自然和抒发对自然的感受，画风典雅清新、灵秀并带有时代的韵味。

唐晓艳

号听松山人，1963年生，清华美院刘有成山水高研班结业，江苏省书协准会员，无锡市美协、书协会员，中国女子书画会会员，江苏省花鸟画研究会会员，无锡书画院特聘画家，安徽黄山山水画研究院特聘画家，新梁溪书画院副院长，梁溪区书协理事。

宋艳

中共党员，毕业于合肥工业大学艺术设计专业。中国女子书画会会员；无锡市美术家协会会员；无锡市钱松喦书画协会会员。2009年开始一直从事美术教育工作至今。其中2016年9月－2019年6月在无锡市老年大学任素描老师；2017年工笔画作品入选无锡青年画家中国画作品集；2018年工笔画作品入选江苏省花鸟画研究会期刊。数次参加各类画展。

陈淑慧

中国女子书画会会员。国画师从华裔画家叶君萍老师。看到本人宛如画册中端庄典雅的古代美女，然而却是拥有一颗玲珑剔透琉璃心的现代女艺术家。2015年开始做慈善事业，经常各地来回奔波。作品多次参加国内外展，被老师评道：淑慧丹青水墨醉心间，国色天香流芳千万家，惠风和畅两岸一家亲。

现任乙龙书画院院长、宏展科技公司总经理。

许晶晶

　　1985 年出生于浙江绍兴。北京出版传播学院学士学位，依米书院美术教师，绍兴市越城区鎏垠文化交流公司总经理。多次参加国内外展并获奖。曾在法国巴黎，美国，菲律宾，中国的香港、台湾等地交流展出。入展浙江省美协与浙江省女花鸟画家联合主办画展四次。

　　2016 年 4 月，泰国·菲律宾暨海峡两岸书画家丙申艺术交流展；2017 年 9 月"金风丹华，美悦载归"——海峡两岸工笔精英展。

林岩

　　职业画家，1983 年生于佳木斯，现定居上海。毕业于鲁迅美术学院。2008 年入选瑞士银行《纪念邓丽君逝世 13 周年画展》并获"新锐艺术家"称号。2018 年入选日本国际美术大赏展，2019 年入选中国抽象艺术四十年上海新抽象艺术展。作品呈现表现或抽象的绘画形式，立意遵循客观大自然规律，描绘人物、植物、山川等，主观处理与客观互相交融，将自然万物转换入有情思、有生命的艺术中。作品风格鲜明，被机构和私人收藏。

夏国芳

　　中国女子书画会会员。在特有的竹篱笆文化熏陶下，学会了分享、包容、团结与奉献的特质，也造就了随遇而安、简朴生活与崇尚自然的习性。从小耳濡目染及家学渊源，延续父母艺术与生活美学的人生。绍兴宝悦企业管理咨询有限公司创办人。

何雨佳

　　曾入读天津美院高研班，师从广东知名女画家邹莉，现为全国公安文联会员，广东省公安文联理事，广东省女画家协会会员，佛山市美协会员，佛山市公安文联理事，佛山市政协画院画家。多次参加全国公安系统画展，并荣获一等奖二次、二等奖一次、三等奖二次及优秀奖三次，入选作品展二次，并据此荣立三等功。作品先后入广东省女画家协会，市政协五届书画院展。作品分别被佛山市政协画院、佛山市南海文化馆收藏。

张华

　　本科毕业于福建师范大学艺术系。进修于中国艺术研究院工笔画院。现为中国女子书画会会员，福建省美术家协会会员，厦门市美术家协会会员，厦门市书法家协会会员。对工笔花鸟画的深厚历史文化进行过全面深入地研究学习，对传统花鸟画的人文内涵和笔墨精神有着深刻的理解和感悟。作品以纯正、素净、典雅画面，传递出一种纯净和安详优雅的画境。张华的作品，多次入选全国美协、福建省美协主办的作品展并出版发表。

吴月娥

　　2016 始于中国书画函授班、中国书画函授山水研修班江门分校学习，后在北京当代工笔人艺术创作院的花鸟网络班，师从邹莉老师至今。

　　现为江门市美术家协会会员、江门市中国画学会会员。《凝香》入展 2011 年江门美术作品双年展；《无题》2013 入展千色花杯第一届江门市美术书法双年展；《红树林》2015 年入选第三届珠·中·江美术作品联展；《素心斋》2017 年入展江门市美术作品年展；《秋好故乡知》2022 年广东省"中国砚都 雄才故里"中国画双年展。

张佳慧

　　上海大学美术学院硕士，中国女子书画会会员，江苏省青年美术家协会会员，浙江陆俨少艺术研究会会员。

王维红

　　北京师范大学书法专业毕业。现为中国女子书画会会员，无锡华侨书画院会员，《书画学报》特约记者。"我行过许多地方的桥，看过许多次数的云，喝过许多种类的酒，也倾慕民国的风。"民国时期的精神文明指的是辛亥革命结束到 1949 年中华人民共和国成立前，中国文化领域中出现的新思潮、新文化以及与之相应的精神追求，是中国现代化建设发展的重要历史时期之一。

王允

1972 年出生，中国女子书画会会员、江苏省美术家协会会员、苏州版画艺委会委员。版画作品先后入选第四届观澜国际版画双年展、第二届全国少儿美术教育学术展、第一届观澜小型版画展、"桃坞镌印"全国版画邀请展、第二十三届全国版画作品展、"印象松溪"全国版画名家作品邀请展、中国新兴版画运动九十周年——全国版画作品展等展览。

李影

中国女子书画会会员，江苏省美协会员，苏州市版画艺委会委员，获首届苏州市群文"繁星奖"金奖，江苏省五星工程奖获得者；苏州市文联系统优秀会员，苏州市优秀群众文艺美术作品重点项目立项；苏州市相城区阳澄湖文化"重点人才"。作品多次入选国家级、省市级展览。《面对面系列》多次入选全国版画展和首届江苏美术奖作品展览；《家·春秋》入选第二十四届全国版展；《思·远方》入选"中国新兴版画运动九十周年——全国版画展"等。

顾晓燕

出生在江苏无锡，毕业于江苏省无锡师范美术专业，后进修于中国艺术研究院首届写意画院。现是江苏省美协会员，中国女子书画会会员，无锡市特聘画师，无锡市惠山区美协理事。2016 年，《太湖佳绝处》获政府文化艺术奖；2018 年，《延安颂》获全国中小学优秀艺术作品展银奖；2020年，多次活动作品入选，其中《蚕娘》获二等奖；2022 年，多次活动作品入选，其中清正廉洁创意画活动中，作品《加油》获二等奖。

潘国娣

中国女子书画会后备会员，上海长宁区书法协会委员。曾在企业从事印花描稿艺术及担当。非常热爱书法、绘画、篆刻，有着十分饱满的创作精神，数十年来从不间断。曾经荣获全国、省市级、区级各类书画作品奖项，积极参加中国女子书画会重建活动。

张咏梅

1972年出生于河南省周口市，现居北京。毕业于河南大学美术系，先后结业于清华美院书画高研班，北京紫苑书院张立辰写意花鸟花画高级研修班。现为中国美术家协会会员，中国女子书画会河南分会会长，清华大学书画高研班助理导师，河南省花鸟研究会理事等。2021年，应邀参加斯洛伐克驻中国大使馆《疏影含香》个人艺术邀请展；2022年，应邀参加《笔墨振兴时代》中国画邀请展。

严妍
（Stephy）

现居墨尔本。伦敦大学商学院硕士研究生，中国女子书画会会员，曾从事四年采编工作，后从事设计、宣传等工作。对绘画有浓厚兴趣，创作作品多是中国山水画，对油画偶有涉猎。认为海外华人更要懂得自己的根，深刻了解自己文化的独特性。绘画是最喜欢的表达方式，因为它本身有赋予特殊的超过语言文化的力量。

张岩梅

英文名Rose，字岩梅，斋号世园草堂。山东烟台籍，现居山东青岛。山东青岛大学工商学院经济专科毕业，山东青岛大学行政工作（现已退休）。酷爱绘画及服装艺术。习素描基础多年，师承风景油画王元友老师。中国女子书画会会员。酷爱西画风景，尤其喜欢俄罗斯古典风景油画，兼具文人诗境的田园情怀。

林欣颖

中国女子书画会会员，美国HURON大学信息管理硕士。2017年参加在夏威夷举办的"第三届国际书画节获百杰书画家奖，2018年获法国莫雷写生基地艺术家奖，2018年获中国书画世界行巴黎委员会特聘画家，2018参加北京中韩书画联谊会，2023年获受香港国际文化艺术交流协会会员。

周鑫汇

1993年生，九三学社社员，中央美术学院博士，中国女子书画会会员。作品获十一届全国水彩粉画展入会资格作品，中国当代女子美术新秀提名展最佳新人奖。参加中国美术家协会插图装帧艺委会首届全国电子读物插图展、中国美术家协会水彩画艺术委员会年度提名展。作品被中央美术学院、青岛美术馆等机构收藏。

▶ 后援团主要成员贡献录

张国梁

1953 年出生于上海，大学本科学历。青年时代曾有短暂的插队知青体验，回城后历经基层员工，带职学习，提干，在地方国企经济管理岗位历练多年。曾入清华大学经济管理学院进行供应链管理专业进修，后参与组建中国第一家专业供应链管理企业并出任高管，最后以职业经理人身份出任外资企业高管至退休。

2015 年 8 月起，协助上海一批女画家组建女性艺术社团，经研究评估，提议重建"中国女子书画会"，系重建活动后援团的主要出资人及总召集人，也是重建筹备组数次大型主要活动的策划人和组织者。现为我梦艺术教育国际集团有限公司首席董事、中国女子书画会（筹）首席执行董事。

2020 年开始策划编辑出版本书，是本书的资料素材主要提供者和出品人。

何明龙

1966 年出生于湖北省汉川市，北京科技大学企业管理专业本科教育背景。1998 年到深圳工作，曾参与组建中国第一家专业供应链管理企业。2001 年创建深圳市万人市场调查股份有限公司，2014 年公司于新三板上市，成为国内同行业唯一上市的独角兽企业。现为公司董事长兼总经理、深圳市龙华区第一届人大代表、深圳市龙华区人大财经工委委员。

2015 年 9 月起受邀参与中国女子书画会重建活动，协同张国梁进行初期筹备工作，系后援团重要的出资人之一，中国女子书画会（筹）执行董事。以丰富的企业管理经验给予重建活动诸多建设性意见而成为后援团中坚定支持重建活动的智囊人物。

楚　水

　　1968 年出生于河北省阜平县，中国国学名家季羡林的学生，画家，书法家，诗人，中国通俗文艺研究会名誉会长，《神州》杂志社编委会主任。主要成就有《新编智囊全集》，文白对照全译《资治通鉴》《中华国学传世藏书》《二十五史》等，主要作品有《缪斯眼睛》《情的风景》《梦爨随笔》。

　　2018 年 8 月，在出任中国通俗文艺研究会会长期间，邀请一批高水准的女性书画家组建"中国通俗文艺研究会'中国女子书画会'研究委员会"，专门对中国女子书画会的历史及社会价值进行研究，丰富了其内在价值，并对中国女子书画会的重建活动给予指导和建议，使之在正确的轨道上发展。

李国良

　　1947 年生，江苏省无锡市人，毕业于无锡市机床制造专业学校，1969 年应征入伍， 1973 年从部队复员后被分配在无锡市政府机关从事外事工作。1989 年下海经商，开办无锡市亨利达服装厂，任厂长。2001 年创办无锡大新纺织品有限公司，任董事长兼总经理。

　　多年来无论他从事什么工作，对文化艺术的热爱之激情始终如一，并不断以实际行动为地方文化艺术事业发展默默地做出应有的奉献。退休后，2016 年起参与中国女子书画会的重建活动，为弘扬中华民族传统文化艺术作做一步的努力。在其亲力亲为和财力支持下，中国女子书画会筹委会无锡分会独立承办了两次重要书画展活动，凸显了无锡是除上海以外，重建活动搞得最有成效的城市。现为中国女子书画会（筹）执行董事、后援团骨干成员。

沈柯良

1983 年 11 月出生于江苏省滨海县。大学学历，江苏传乐机械设备有限公司总经理，主营石油化工、食品、环保、冶金、制药、印染、油漆涂料等行业的搅拌设备。平时爱好书法，临池不辍，现为中国女子书画会（筹）执行董事、中国硬笔书法协会高级讲师，全国规范字书写高级培训师。

自 2015 年底参与复会重建工作，负责网站建设、微信公众号维护等数字化对外宣传及展示工作。查阅并整理出与中国女子书画会有关的大量资料，包括王韧的《中国女子书画会研究》，包铭新的《海上闺秀》，陶咏白、李湜的《失落的历史——中国女性绘画史》及民国时期的相关报纸、画册等，文献中诸多翔实记载对于中国女子书画会的复会工作提供重要指导。在老会员及其后裔的寻找和联络方面也投入大量精力，陆续寻访到丁筠碧、陆小曼、永嘉鲁氏姐妹等多位老会员后裔，她们的热心支持也为女子书画会的重建奠定了有力基础。

唐　枫

1986 年 5 月出生于湖南省桂阳县，毕业于同济大学建筑与城市规划学院，建筑学硕士学位，国家一级注册建筑师、注册城乡规划师、高级工程师。研究生期间曾远赴美国普林斯顿大学进行学术交换，研究生毕业后创立建筑设计工作室，隶属于同济大学建筑设计集团，2022 年注册成立上海格物社建筑设计事务所，主营建筑设计、室内设计、景观规划与城市规划等相关业务，业务范围集中在长三角地区、湖南、河北及新疆等省区市。

在参与中国女子书画会重建过程中统筹负责女子书画会建筑设计、室内设计、展陈设计等相关空间设计工作。曾协助重建筹备委员会考察选择三处临时画展的场地，并作为主创对画展展厅进行室内设计和布展设计，配合展厅施工进行选材和施工指导，完工后提出布展建议；作为设计主创进行"中国女子书画会艺术馆"建筑单体及室内装饰设计，并对展陈布置、灯光设计进行综合统筹。

林恩奇

　　1953 年 2 月出生于上海市南市区，三年的北大荒下乡知青经历，毕业于同济大学。曾任国企、事业单位副厂长、工会主席、总工程师、央企顾问等。精通排水管工艺技术和企业管理，房地产开发及城市更新行家，在区域动迁房系统开发、建设管理、运营上颇有建树。思路开阔，兴趣广泛，喜欢阅读，赏析画作，赏花养花，在相关行业内有良好的口碑。

　　2017 年起参与中国女子书画会重建活动后援工作。欣赏喜爱中国书画作品，多次参加观摩中国女子书画会书画展活动，出资收购会员作品并推荐朋友收藏，身体力行资助重建活动。

沈　亮

　　1981 年 5 月出生于山东临沂，毕业于同济大学桥梁工程系，现任上海华城集团副总裁，兼任市场营销中心总经理。学校毕业即进入上海市政设计总院，从事城市基础设施的设计与企业市场管理工作。2021 年加盟上海华城集团，企业主营业务是工程建设全领域的全产业链、全过程综合咨询服务，拥有员工一千五百余人，业务遍布全国，是目前上海工程建设类咨询公司头部企业之一。

　　2018 年起利用业余时间参与中国女子书画会重建活动后援工作，缘于对中华优秀传统文化的厚爱和对美术作品的钟情。曾在重建活动中积极承担后勤保障工作，行事作风认真踏实，吃苦能干，女艺术家对其赞赏有加。

顾肖峰

笔名娄江，1963 年生，江苏太仓人。硕士研究生。炎武书院院长，文史学者。曾任苏州市地方志学会副会长、太仓史志办公室主任。负责太仓地方志、地方党史、太仓市年鉴编纂出版工作。主编《太仓市年鉴 2018》(荣获全国年鉴一等奖)、《太仓史志》、《太仓地情》、《浏河镇志略》、《太仓市扶贫协作和对口支援志》、《太仓港发展史》、《改革的步伐》等。2015 年起，为中国女子书画会重建、发展战略及外围资源出谋划策和协助。

何振华

1979 年生于广州，2003 年毕业于广州美术学院国画系。2007 年毕业于上海大学美术学院中国画系，获文学硕士学位。现为上海美术学院中国画系讲师、中国美术家协会会员，上海美术学院水墨缘工作室成员。

2018 年起，利用业余时间为中国女子书画会的重建活动提供支援，向筹委会推荐了众多年轻有为的女性美术新秀加盟重建活动，还为筹委会举办的各项活动牵线搭桥，联络资源，助力重建活动的顺利开展。

王　晶

1985 年 12 月出生于河南省遂平县，毕业于洛阳大学文化与传播学院秘书学专业。为人亲和，兴趣爱好广泛，尤好书画、太极等中华传统文化。现任太仓市物流与供应链管理协会秘书长、太仓市新联会会员、全国口岸集装箱运输与堆场行业协会组织合作联盟副秘书长。擅长活动策划、新媒体运营。

2016 年起，利用业余时间参与中国女子书画会重建活动后援工作，在筹备组策划的多次重大活动中承担文案图片制作、广告文宣等工作，有力地支援了重建活动。

后记：唤醒历史，赓续文脉

当笔触轻轻落下，为重建中国女子书画会这一历史性的纪实活动画上句点时，我的内心充满了感慨与期待。这不仅是一场艺术的盛会，更是一次文化传承与创新的实践。

中国女子书画会，一个承载着中华女性艺术梦想与才华的团体，在历史的长河中曾经熠熠生辉。然而随着时代的变迁，这个曾经辉煌一时的艺术组织逐渐淡出了人们的视线。幸运的是，在2015年，一群怀揣着对中华优秀传统文化热爱与敬意的人，毅然决定重建中国女子书画会，希望重新点燃这个艺术团体的光芒。

在近年来学界的不断挖掘与研究中，中国女子书画会面貌渐渐清晰。在隆重纪念九十周年的基础上，中国女子书画会的重建工作已经圆满完成，与之配套的纪念图书也已编撰完成。为全面回顾中国女子书画会的发展历程，更好地展示新生代的女性艺术力量，以及重建之路上的艰辛与不易，我们编了这本具有珍贵存史价值的图书，内容丰富，图文并茂，选用了丰富珍贵的历史照片和图文资料，以精美的装帧和生动的版式，展示了中国女子书画会从成立之初到现在，大家风雨同舟、共同走过的光辉历程。

本书内容分为五章。第一章"尘封的历史"主要收集前辈美术史专家对民国时期中国女子书画会的记述和评价择其精华部分予以回顾，再增添重建活动时收集的新资料和新考证加以完善。其中重点介绍何香凝、李秋君、冯文凤、陆小曼、潘玉良、顾飞、吴青霞、丁筠碧、谢月眉、杨雪瑶和杨雪玖姐妹、鲁氏六姐妹等代表性成员。第二章"正在走出历史"是续写中国女子书画会的历史，赓续中断六十六年的历史文脉，记载2015年9月至2024年5月的重建活动全景概况，包括重大事件、重要成就和主要活动，具有一定的美术史意义。第三章"重建的故事"以重建活动的时间线串联起九年来，从发起倡议、邀请加盟、迎接旗手、引进名家、培育新秀、登高展示等一直到九十庆典活动为止的重建工作和活动详情，以真名实事形式讲述了重建筹备核心成员在此期间的辛酸苦辣和成功喜悦的心路历程，具有一定的可读性。第四章"发展的愿景"是重建活动筹备委员会希望在完成登记注册后为新生的中国女子书画会所描绘的愿景，以使中国女子书画会的辉煌历史能代代传承。第五章"亮丽的风景"是为参与重建活动的女艺术家和后援团人士留下人生精彩瞬间的足迹。九年来大家齐心协力，为了一个共同目标出资出力，奠定了实现理想的基石，希望让历史记住他们。

重建之路并非坦途。在"重建的故事"里，我们看到中国女子书画会的重建、筹备，面临着诸多挑战与困难。正是这些挑战与困难，让筹委会更加坚定了重建中国女子书画会的决心，这不仅是对历史的传承，更是对中华女性艺术的尊重与推崇。在这个过程中，筹委会得到了来自社会各界的广泛关注与支持。许多知名艺术家、学者、企业家纷纷加入进来，共同为重建中国女子书画会贡献自己的力量。他们的加入，不仅为重建的活动提供了宝贵的资源与支持，更让我们感受到了中华文化的强大凝聚力与向心力。

那些动人的时刻值得铭记。重建活动特别邀请了民国时期的老会员、著名书画大家陈佩秋先生领衔，为书画会的重建提供了重要的指导和支持。陈佩秋先生的参与，使得书画会能够更好地传承和发扬中华优秀传统文化的精髓。豪爽正直的王晓卉，做事富于魄力，依托上海的女性艺术实力，成为重建活动的开路人；庞沐兰女士富于奉献精神，愿意沿着前辈的足迹，去开创新的事业，在她的重要支持下，重建工作取得了突破性的进展。为书画会的重建而奔忙的张国梁卢增贤夫妇，是最初的重建发起人，也是积极参与自始至终重建活动的，他们做出的贡献有目共睹，所投入的精神和物质力量也是最多的，重建活动的所有成果与他们的贡献密切相关；还有海外的一众优秀女书画家，她们的加盟也是重建活动的一个重要方面，如女画家叶君萍女士，不仅自己积极参与中国女子书画会的重建，还为中国女子书画会两岸成员的联展活动，多方奔波，凝心聚力谋发展……这些巾帼骨干，她们紧密地团结在一起，用柔软而坚韧的力量，同舟共济，担负起无愧于时代、无愧于历史的光荣职责，使中国女子书画会更上一个台阶，呈现出一派新气象。

在重建中国女子书画会的过程中，筹委会始终秉承"传承与创新并重"的理念，深入挖掘中华女性艺术的精髓与内涵，同时积极引入现代艺术元素与理念，力求在传承中创新，在创新中传承。筹委会举办了多场艺术展览、研讨会、交流活动等，为中华女性艺术家提供了一个展示才华、交流思想、共同进步的平台。

与此同时，中国女子书画会重建之路中新生代的力量让人如此期待。自2017年以来，主办的新生代艺术画展"赓续历史文脉、谱写当代华章"，秉承艺术多元化的理念，以直抒胸臆、恳切率真的审美特质为出发点，坚持感性的自由，同时坚持理性的尺度。有众多功底扎实、深具潜力的艺术新秀脱颖而出，她们集合了对于艺术的热爱与热忱，将自己朝气蓬勃的精神面貌积极展现了出来。她们的作品洋溢着奔放的活力与温柔的情感，在色彩与画笔的碰撞下，迸发出不同以往的艺术魅力，展现一派生机勃勃、丰饶繁衍的生命景象。

重建活动得到了社会各界的广泛关注和认可，提高了女性艺术家在社会中的地位和影响力。通过举办公益慈善拍卖等活动，将艺术与社会公益相结合，传递了正能量。书画会还吸引了中国港澳台地区及美国、法国、德国、日本、澳大利亚、新西兰、马来西亚等优秀的女性书画艺术家的参与，促进了国际间的艺术交流与合作。从女性艺术研究的角度来看，称2024年为"中国女子书画会年"应该不为过。这一年，中国内地的上海、广东、江苏、浙江、河南，以及台湾等地，海外的澳大利亚相继举办九十周年纪念展、风采展，海纳百川，异彩纷呈。所展作品从不同视角呈现出了当代女性艺术家们热爱生活、崇尚自然、积极向上的人生态度，从这些作品中，人们近距离地解读了当代女性艺术家们独特的创作思维，体会到女子书画的一份精致，一份高雅。

九十年前，中国美术史的星空中，中国女子书画会的名称熠熠生辉；九十年后，那份墨韵华光依然重新辉映华夏大地，闪烁光芒的女性艺术家的身影，她们不但学养深厚，而且情起涟漪，氤氲了一个时代的艺术氛围。

隆重举办庆典活动，精心编撰纪念史册，并非为了追求一时的轰动与赞赏，留存表面的功德，而是旨在深化人们的记忆，传承不朽的精神。回顾过去，我们深感自豪与欣慰。展望未来，我们充满期待与信心。我深信，在全体成员的共同努力下，中国女子书画会将会迎来更加辉煌灿烂的明天。我怀着崇敬的心情承担此次撰写任务，并期望这本书能让后来者感受到中国女子书画会重建活动的丰富历程和波澜人生。

鱼丽

二〇二四年六月五日

图书在版编目（CIP）数据

唤醒的历史：中国女子书画会重建活动纪实 / 鱼丽
撰写 . -- 上海：文汇出版社，2024. 8. -- ISBN 978-7-
5496-4232-8

Ⅰ . I25

中国国家版本馆 CIP 数据核字第 2024QP2968 号

唤醒的历史

——中国女子书画会重建活动纪实

撰　　写 / 鱼　丽

责任编辑 / 王　骏

装帧设计 / 王　翔

封面设计 / 观止堂_未氓

出版发行 / 文匯出版社

上海市威海路755号（邮政编码：200041）

经　　销 / 全国新华书店

印刷装订 / 上海丽佳制版印刷有限公司

版　　次 / 2024年8月第1版

印　　次 / 2024年8月第1次印刷

开　　本 / 787×1092　1/16

字　　数 / 200千

印　　张 / 15

ISBN 978-7-5496-4232-8

定　　价 / 280.00元